Anna Bock

Die Entdeckung der Magierin

AF191797

DIE ENTDECKUNG DER MAGIERIN

Roman

ANNA BOCK

Bibliografische Information der Deutschen Nationalbibliothek: Die Deutsche Nationalbibliothek verzeichnet diese Publikation in der Deutschen Nationalbibliografie; detaillierte bibliografische Daten sind im Internet über http://dnb.dnb.de abrufbar.

Lektorat: Karina Matejcek, www.kamaco.at
Covergestaltung: Markus Stolpmann, www.kamaco.at
Coverabbildung: Jacqueline Spieweg, www.jspieweg.de

Herstellung und Verlag:
BoD – Books on Demand, Norderstedt
ISBN 978-3-8334-9753-7

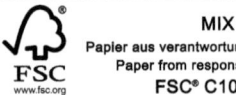

MIX
Papier aus verantwortungsvollen Quellen
Paper from responsible sources
FSC® C105338
FSC
www.fsc.org

INHALT

1

DIE KÖNIGIN DER KELCHE

Chiara saß auf ihrer Lieblingsbank am Weißenburger Platz. Sie blickte auf den prächtigen Brunnen, als plötzlich mit der Fontäne eine Frau aus dem Wasser emporstieg. Sehr groß, sehr schön, sehr sexy – doch wie aus einer anderen Zeit stammend: Ihre Bluse war tief ausgeschnitten, ihr Rock geschlitzt, ihre Haltung eher königlich als verführerisch, vor allem stolz. Domina und Göttin. Oben auf dem Brunnen drehte sie sich zunächst schnell um die eigene Achse und wurde dann immer langsamer, bis sie exakt die Geschwindigkeit erreicht hatte, mit der sie gerade noch auf dem Wasser getragen wurde. Ein Wunder der Balance. In jeder Hand hielt sie eine Puppe, denen sie jedoch keine Beachtung schenkte. Als sie die beiden Figuren, die wie unglückliche Marionetten wirkten, ins Wasser warf, schien es, als schüttle sie etwas Überflüssiges ab. Die

Puppen zerbrachen. Plötzlich ging ein Ruck durch ihren Körper. Sie hörte auf, sich zu drehen, blieb direkt vor Chiara stehen und blickte ihr ins Gesicht. Erst jetzt begriff Chiara, wie groß die Frau war: mindestens dreimal so groß wie sie. Chiara realisierte die Gefahr, in der sie sich befand: Wenn die Frau endgültig aus dem Gleichgewicht geriet – und das musste in kürzester Zeit geschehen –, würde sie auf sie niederstürzen. Sie wollte aufspringen, aber irgendetwas hielt sie auf der Bank fest. Die übermächtige Frau öffnete lächelnd ihre Arme und kippte langsam vornüber, ihr entgegen. Chiara wusste, sie würde die Umarmung nicht überleben. Dennoch blieb sie reglos sitzen. Sie schloss die Augen.

„Schade, ich hätte gern gewusst, wie ich da herausgekommen wäre", war Chiaras erster Gedanke, als sie aufwachte. Dass sie es geschafft hätte, daran bestand für sie kein Zweifel. Sie hatte nicht umsonst den Ruf, alle Krisen, die eigenen und die der anderen, zu bewältigen, und sie glaubte selbst daran. Meistens jedenfalls.

Doch heute war es irgendwie anders. Bevor sie überhaupt in den Tag gestartet war, hatte sie schon genug. Es war ja nicht nur ihr Job, in dem sie den Launen ihrer Mitmenschen permanent ausgeliefert war, es war auch das Privatleben. Wenn man es überhaupt als solches bezeichnen konnte. Einmal Psychologin, immer Psychologin. Dabei konnte sie den anderen keine Schuld geben. Sie selbst war es, die die Rollenverteilung bestimmte, das Drehbuch schrieb, in dem sie den

Part der Verständnisvollen, Entgegenkommenden übernahm. Und wenn die Szene einen anderen Verlauf zu nehmen drohte, gelang es ihr – manchmal unter großer Anstrengung und mit erheblichem Energieeinsatz –, den Plot umzuschreiben: Dabei zwang sie den anderen regelrecht auf, sich nicht zu beherrschen, sondern ihre Emotionen herauszulassen.

Nicht selten setzte sie sich einem wahren Hagelkonzert an Aggressionen aus – warum? Nicht aus Menschenliebe oder aufgrund eines Helfersyndroms, sondern weil sie die Rolle der Auffängerin liebte. Ja, das war sie, eine Menschenfängerin.

Chiara verließ ihre Wohnung, ohne gefrühstückt zu haben. Sie ging ins Café Dernière. Dort bestellte sie einen Espresso und blickte dem Tiger, der ihr von der Wand aus zähnefletschend zugrinste, lange in die Augen. Das prächtige Tier war auf eine große Holztafel gemalt. Der Besitzer des Cafés hatte ihr erzählt, die Tafel sei Teil eines alten Karussells gewesen. Seither wählte sie immer den Platz gegenüber, wenn er frei war. Ein wildes Raubtier und ein altmodischer Jahrmarkt – die Kombination gefiel ihr.

Noch eine halbe Stunde, dann musste sie sich auf den Weg ins Krankenhaus machen. Ein Patient wartete auf sie. Sie hatte ihn erst einmal getroffen, ein besonders schwieriges Exemplar von Schweigsamkeit und Verstocktheit. Also auch eine besondere Herausforderung. Aber es war ja ihr Job, ungewöhnlich verschlossene Patienten der Psychiatrischen Klinik zum Reden zu bringen. Dazu war sie schließlich vom Chefarzt engagiert worden.

Als freiberufliche Psychologin war es nicht nur hilfreich, sondern sogar überlebenswichtig, mit Institutionen und Ärzten zusammenzuarbeiten, um wenigstens ein gewisses fixes Einkommen zu haben. Seit einiger Zeit verfügte sie über zwei Standbeine: Da war Helena, die Psychotherapeutin, die bestimmte Patienten an sie abtrat, und da war die Klinik, die sie für spezielle Härtefälle des Schweigens einsetzte. Im letzten Jahr hatte das hervorragend funktioniert, aber vor Kurzem hatte ihr Helena eröffnet, dass sie sich aus ihrer Praxis zurückziehen wollte. Sie war Anfang sechzig, machte ihren Job seit dreißig Jahren und hatte genug. Zum Glück auch genug Geld. Sie wollte ihre Zelte in München abbrechen und sich in Berlin niederlassen, wo ihre Schwester lebte. Ihr Sohn war längst erwachsen und pendelte ohnehin schon seit längerer Zeit zwischen München und Berlin.

Chiara gefielen diese Pläne, was ihr jedoch nicht gefiel, waren die Konsequenzen, die sich für sie daraus ergaben. Wie sollte sie in Zukunft an neue Patienten kommen? Sie hatte noch nie für sich und ihre Arbeit geworben, es hatte einfach noch nie die Notwendigkeit dazu bestanden. Das würde nun bald anders werden. Sie zahlte den Espresso, warf einen letzten Blick auf den Tiger und machte sich auf den Weg in die Klinik.

Ihr Patient wartete schon. „Sie ist zurück. Die Königin der Kelche ist zurückgekommen", sagte er, als sie den

Raum betrat und ihn anschaute. Seine Stimme stand in krassem Gegensatz zu seiner Mimik, sie hatte etwas sehr Anziehendes, war wohlklingend und sicher.

Die Königin der Kelche: Wo hatte sie das kürzlich erst gehört? Oder hatte sie es gelesen? Was meinte er damit? Er schaute sie weiterhin an und nickte leise vor sich hin. Also hatte er seine Austernschale nicht gleich wieder verschlossen, es bestand weiter Kontakt zwischen ihnen. Er war es gewesen, der diesen Kontakt hergestellt hatte. Und anscheinend hatte er auf sie gewartet, um ihr seine Mitteilung zu machen. Aber sie wusste, jede falsche oder auch nur unpassende Frage würde diese Verbindung zumindest für heute abschneiden. Was sollte sie tun?

Ihr Handy. Wie dumm, sie hatte vergessen, es auszuschalten. Laut ertönte die *Habanera* aus der Oper *Carmen*. Hektisch kramte sie in den Tiefen ihrer Tasche. Gefunden, Knopfdruck, Stille. Damit war die Chance, mit ihm ins Reden zu kommen, für heute wohl vertan. Doch wider Erwarten lächelte ihr Gegenüber: „Meine Kollegen finden es schrecklich, was mit ihrer Musik gemacht wird. Aber mir gefällt es ganz gut."

Wieder überraschte sie die Souveränität, mit der er sprach. „Sie meinen, dass man die Musik damit entweiht?", sagte sie, ohne nachzudenken.

„Ja, so ungefähr. Aber mir macht das nichts aus." Er lächelte wieder. „So leicht ist Bizet nicht zu entweihen."

„Sie sind Musiker?" Chiara fragte nicht als Therapeutin, sondern aus purer Neugier.

„Sänger."

„Opernsänger?"

„Ja."

Ah, daher also die Königin der Kelche. Wahrscheinlich handelte es sich um eine Opernfigur. Leider kannte sie sich in dieser Welt zu wenig aus und sie wollte sich auf keinen Fall blamieren. Die Königin der Nacht fiel ihr ein. Sie war auf dem richtigen Weg. Jetzt nur nichts kaputt machen, also bloß nicht weiterfragen.

Doch ihr Patient hatte ohnehin entschieden, dass er für heute genug geredet hatte. Sein Blick sagte ihr, dass die Auster ihre Schale wieder geschlossen hatte, nicht fest und unerbittlich, aber doch ziemlich bestimmt.

Auf dem Heimweg von der Klinik hörte sie ihre Mobilbox ab. Helena musste sie dringend sprechen. Chiara konnte sich den Grund denken. Es war so weit: Die Praxisschließung stand unmittelbar bevor. Nun ließ es sich nicht mehr verdrängen.

Einen Moment lang fühlte sie eine Mischung aus Trauer und Ratlosigkeit, und sie beschloss, erst am nächsten Morgen zurückzurufen. Stattdessen wählte sie die Nummer ihrer besten Freundin. Conny war eine große Opernfreundin, stand stundenlang an, um Karten für die Opernfestspiele zu bekommen, und reiste regelmäßig nach Bregenz, Salzburg und Bayreuth. Erst vor Kurzem war sie spontan für einen Tag nach Venedig gefahren, hatte sich am frühen Abend auf gut Glück vor dem Opernhaus La Fenice aufgestellt und tatsächlich eine Karte für *Andrea Chénier* ergattert. Seither schwärmte sie bei jedem Treffen von der grandiosen Inszenierung.

„Hi Conny, du musst mir helfen: In welcher Oper kommt die Königin der Kelche vor?"

Conny reagierte mit kreischendem Gelächter. Chiara fragte sich, wie es sein könne, dass ein musikalischer Mensch wie ihre Freundin derart unkontrolliert schrill lachte. „Sag mal, wo lebst du eigentlich?", stieß Conny atemlos vor Lachen heraus. „Die Königin der Kelche in der Oper – also die müsste noch geschrieben werden! Aber warum eigentlich nicht? Ein faszinierender Gedanke. Schließlich gibt es ja auch eine *Pique Dame*."

„Ich versteh nur Bahnhof. Was redest du denn da?" Chiara war beinahe sauer. Sie mochte es nicht, wenn man sich über sie lustig machte. Da verstand sie keinen Spaß.

„Nun sei doch nicht gleich böse, das passt so überhaupt nicht zu einer Königin der Kelche. Eher zu einer der Stäbe oder Schwerter", beschwichtigte Conny. „Was machst du gerade? Hast du Zeit? Wollen wir uns treffen?"

Chiara willigte sofort ein. Die Gegenwart der Freundin würde ihr guttun.

Conny bildete das absolute Kontrastprogramm zu all ihren Patienten und Kollegen und Kolleginnen. Sie war der spontanste Mensch, den Chiara kannte. Das rührte vielleicht auch daher, dass sie sich nicht mit festen Arbeitszeiten herumplagen musste. Sie betrieb eine Secondhand-Boutique in der Steinstraße. Wobei die

Bezeichnung „betreiben" ziemlich irreführend war, denn Conny war selten dort. Anfangs war der Laden Montag bis Samstag von 14 bis 19 Uhr geöffnet, aber bald war an der Eingangstür fast immer, wenn Chiara daran vorbeiging, das Schild „Heute ausnahmsweise geschlossen" zu sehen. Irgendwann hatte sich Conny dann für die Variante „telefonische Anmeldung" entschieden. „Wie eine Praxis", hatte sie gewitzelt.

Als Chiara einmal in großer Geldnot war, hatte Conny ihr sofort die notwendige Summe geliehen. Das war das einzige Mal, dass die beiden etwas detaillierter über ihr jeweiliges Einkommen sprachen. Conny hatte damals eine Erbschaft erwähnt, die ihr zwar kein luxuriöses, aber doch ein weitgehend sorgenfreies Leben ermöglichte. Chiara hatte sofort gespürt, dass Conny nicht weiter darüber reden wollte, und daher auch nicht weiter nachgefragt.

„Wo wollen wir hingehen? Was schlägst du vor?"

Conny musste nicht lange überlegen: „Heute gibt es nur eins, das Café Dernière."

„Ach, da bin ich doch jeden Tag! Heute Morgen war ich auch schon dort."

„Macht nichts, heute muss es sein. Wir treffen uns aber nebenan in der Buchhandlung. In einer Stunde, okay? Ich muss jetzt Schluss machen."

Noch ehe Chiara nachfragen konnte, warum um alles in der Welt sie sich mit ihr in der Esoterischen Buchhandlung treffen wollte, war die Verbindung beendet. „Ach, Conny, du weißt doch, dass ich diese Buchhandlung noch nie betreten habe und dass mir der ganze Eso-Kram gestohlen bleiben kann", sagte sie laut zu sich selbst und wählte noch einmal Connys Nummer, aber die Freundin hatte schon auf Mobilbox geschaltet.

Chiara setzte sich auf dem Weißenburger Platz auf ihre Lieblingsbank, sog die Herbstsonnenstrahlen ein und versuchte sich beim Plätschern des Brunnenwassers zu entspannen. Konnte man sich einen schöneren Ort vorstellen? Der eigenartige Traum von heute Morgen fiel ihr wieder ein. Warum hatte er diesen Brunnen als Schauplatz gewählt? Die Szenerie war so realistisch gewesen – genau wie in diesem Moment. Und irgendwo hatte sie die Frau auch schon einmal gesehen. Der Traum hatte sie beunruhigt und eine Form von Selbstkritik bei ihr erzeugt, die sie nicht mochte. Es war etwas Bedrohliches dabei. Nein, sie wollte sich jetzt nicht weiter damit beschäftigen.

Zur verabredeten Zeit traf Chiara vor der Buchhandlung ein. Conny winkte ihr durchs Schaufenster zu. Sie stand an der Kasse und ließ sich etwas als Geschenk einpacken. Chiara beschloss, draußen zu warten, obwohl sie die Besitzerin des Ladens, die auch Stammgast im Dernière war, sehr gern mochte und sich schon oft gefragt hatte, wieso diese nüchtern und energisch wirkende Frau einen esoterischen Buchladen betrieb.

Conny kam heraus und drückte ihr das in Geschenkpapier eingewickelte Päckchen in die Hand. „Du musst es gleich auspacken", sagte sie beim Betreten des Café Dernière. Chiaras Lieblingstisch war besetzt. Sie würde also ohne den gewohnten Blickkontakt mit dem Tiger auskommen müssen.

Zu Chiaras Überraschung enthielt das Päckchen ein Set Tarotkarten. Sie blickte die Freundin fragend an. „Misch die Karten, teil sie in drei Stapel auf und zieh aus dem mittleren eine Karte."

Connys Anweisung klang so streng und präzise, dass Chiara ihren Widerspruchsgeist für einen Moment aufgab und wortlos Folge leistete. Sie zog das *As der Kelche*.

In diesem Moment fiel es ihr wie Schuppen von den Augen: Die Königin der Kelche war eine Tarotkarte! Sie hatte sie bei Conny gesehen, die täglich Tarot legte und die aktuellen Karten für den jeweiligen Tag dann immer auf ihrem Schreibtisch liegen ließ.

Conny hatte schon oft versucht, ihr das Tarot schmackhaft zu machen – bislang ohne Erfolg. Doch die Freundin schwor darauf. Sofort begann sie mit der Interpretation: „Das *As der Kelche* – großer Reichtum an Emotionen, den du mit anderen teilst, Sensibilität, Kontakt mit dem Universum. Die Karte passt hundertprozentig zu dir, meine Liebe. Auch wenn du dich dagegen wehrst."

Chiara war mit ihren Gedanken bei ihrem Patienten. „Was kann er damit gemeint haben? Die Königin der Kelche ist zurückgekommen."

„Wer? Wen meinst du?"

Chiara berichtete der Freundin, was sie in der Klinik erlebt hatte.

Conny überlegte: „Die *Königin der Kelche* steht für

starke Gefühle, emotionalen Neuanfang, aber auch Sicherheit. Sie fordert dazu auf, den eigenen Gefühlen zu vertrauen. Ich müsste mehr über deinen Patienten wissen, um dir mehr dazu zu sagen."

„Ich hab ihn heute zum zweiten Mal gesehen. Beim ersten Mal vor einer Woche hat er überhaupt nicht gesprochen, und heute empfing er mich mit der Botschaft von der Rückkehr der Königin der Kelche."

„Und warum hast du vermutet, sie sei eine Opernfigur?"

„Er hat auf meinen Handyton reagiert, du weißt ja, die *Habanera*, und dabei ist herausgekommen, dass er Opernsänger ist. Aber nach dieser Offenbarung war Schluss."

„Spannend!" Conny war auf einmal ganz aufgeregt. „Du solltest das Ganze als Aufforderung verstehen, dich endlich mit Tarot zu beschäftigen. Das wäre sicher auch ein Superbetätigungsfeld für dich. Du könntest psychologische Tarotberatung oder psychologische Beratung mit Tarotdeutung anbieten. Ich wette, die Klientinnen würden dir die Tür einrennen."

„Genau das ist es, was ich niemals tun würde. Das ist doch vollkommen ..." „Unseriös! Ich weiß schon, was du sagen willst. Aber da irrst du dich. Gerade weil du so auf Seriosität bestehst, solltest du dich mal ernsthaft damit auseinandersetzen. Ich verspreche dir, es lohnt sich."

Sie zog etwas aus der Tasche. „Das hätte ich beinahe vergessen, ich hab dir mein Begleitbuch mitgebracht." Sie legte das Buch, auf dem eine Tarotkarte abgebildet war, vor Chiara auf den Tisch. „Auf meine Anmerkungen brauchst du nicht zu achten. Du weißt, ich lese immer mit dem Bleistift. Aber jetzt lass uns erst mal was trinken."

Chiaras Handy meldete sich. Wieder war es Helena, und nach kurzem Zögern entschuldigte sich Chiara bei Conny, stand auf, um draußen zu telefonieren, und nahm das Gespräch an. Sie hatte mit ihrer Vermutung recht gehabt. Noch vor Jahresende, also in weniger als vier Monaten, würde Helena die Praxis schließen.

Während ein Teil von ihr Optimismus versprühte, stand der andere Teil fassungslos daneben und sagte: „Gib doch endlich mal zu, dass du dir Sorgen machst. Du kennst Helena lange genug, vielleicht kann sie dir helfen. Sag ihr, dass du enttäuscht bist. Spiel doch nicht immer die Starke." Vergeblich, die souveräne Menschenfängerin in ihr hatte wieder einmal die Oberhand behalten und beendete das Telefongespräch mit einem Scherz.

Als sie ins Café zurückkam, saß ihre Freundin kopfschüttelnd vor der *Süddeutschen Zeitung*. „Hier steht, ein Sänger ist vom Dach der Opéra Garnier in Paris gestürzt. Man hat ihn am Morgen nach der *Carmen*-Aufführung gefunden. Was macht ein Sänger auf dem Dach der Pariser Oper?"

2

DER SCHWEIGENDE TAUCHER

Er würde sich in Zukunft stärker kontrollieren müssen, das hatte ihm die Begegnung mit der Psychologin heute gezeigt. Stärker abschotten gegen verräterische Gefühle – Gefühle, die ihn sprechen ließen, obwohl er sich das Gegenteil fest vorgenommen hatte.

Er konnte sich immer noch nicht erklären, was geschehen und warum es geschehen war. Es war einfach aus ihm herausgebrochen, als sie ins Zimmer trat und ihn anschaute. Dabei hatte sie außer der Begrüßung noch überhaupt nichts zu ihm gesagt, als schon der Satz aus ihm herausplatzte. Den er am liebsten sofort wieder verschluckt hätte. Er hätte sich dafür ohrfeigen können. Der Kernsatz, in dem sich seine gesamte Problematik zusammenfassen ließ: das Ende seines bisherigen Lebens, seiner Arbeit, seiner Karriere und der Sturz in ein Chaos aus Ängsten, Assoziationen, Gedanken, das sich nicht ordnen ließ. Und ihn letztlich gewaltsam an ein

Ereignis erinnerte, das er glaubte, hinter sich gelassen zu haben.

All das steckte in diesem Satz. Aber das wusste die Frau natürlich nicht. Vielleicht würde sie ihn ja vergessen. Schon beim Auftauchen dieser Überlegung wusste er, dass sich seine Hoffnung nicht erfüllen würde. Die Psychologin war zwar für einen Moment lang irritiert gewesen und schien nach seiner unerwarteten Information angestrengt über etwas nachzudenken, aber es dauerte überhaupt nicht lange, bis sie sich gefasst hatte. Und dann ertönte ja schon die *Habanera*.

Dabei mochte er sie, die dunkelhaarige Frau mit den hellen blauen Augen, die ihm gleich ihren Vornamen genannt hatte: Chiara. Sie strahlte eine Fröhlichkeit aus, wie er sie eigentlich noch nie zuvor erlebt hatte. Nicht die Überdrehtheit seiner Kolleginnen, die sich sehr schnell in Niedergeschlagenheit verwandeln konnte. Zustände, die er selbst nur allzu gut kannte. Er vermied das Wort Depression ganz bewusst, sogar in seinen Gedanken. Gerade in der Situation, in der sich befand, und an dem Ort, an dem er sich aufhielt. „I put a spell on you!" – Worte waren mächtig und konnten von einer Sekunde zur anderen über sein Leben entscheiden. Er wehrte sich gegen eine Diagnose, an der er sich dann in Zukunft würde abarbeiten müssen. Das beste Mittel dagegen war Schweigen.

Gesprächsfetzen zwischen der Stationsärztin und dem Leiter der Klinik hatte er entnommen, dass man jemanden von außen hinzuziehen würde, der äußerst erfolgreich war in der Kunst, andere zum Sprechen zu bringen, eine Psychologin. Also war er vorbereitet gewesen. Bei der ersten Begegnung mit Chiara widerstand er tapfer der Versuchung, sich mit ihr zu unterhalten. Heute, bei der zweiten, war es schon vorbei gewesen mit seiner Standfestigkeit.

Sie hatte ihm gleich gefallen in ihrer offensichtlichen Begabung, den Moment zu genießen, sogar in der nicht gerade inspirierenden Umgebung eines Krankenzimmers. „Augenblicksbegeisterung" nannte er dieses Phänomen. Und dann ihre Direktheit. Sie schaute ihm gerade ins Gesicht mit ihren hellen blauen Augen, die Wärme ausstrahlten. Was ihm ein Rätsel war, denn eigentlich war dieses helle Türkisblau für ihn gleichbedeutend mit Kühle und Distanz. Das große Aquarium, von dem er jede Nacht träumte, hatte die gleiche Farbe.

Wasser war sein Element. Wie er seine Kindheit ohne das nahe gelegene städtische Freibad überstanden hätte, wusste er nicht. Zum Glück konnte er im Sommer jeden Tag dort verbringen, zusammen mit seiner Clique, aber auch allein.

Schwimmen war seine Leidenschaft. Sämtliche Sportlehrer und Bademeister hatten ihm ein herausragendes Talent attestiert und ihm nahegelegt, in einen Verein einzutreten und professionell zu trainieren. Dazu hatte er jedoch überhaupt keine Lust. Selbst ihre Prophezeiungen, er habe eine glänzende Schwimmerkarriere vor sich, sei der geborene Champion, ließen ihn kalt. Er suchte im Wasser etwas ganz anderes. Was das war, konnte er nicht benennen, nur dass er es manchmal dort fand. Das reichte ihm.

Nach den furchtbaren Ereignissen der letzten Monate war es dann auch das Wasser gewesen, das ihn wieder einigermaßen ins Gleichgewicht gebracht hatte. Nicht nur der spektakuläre Sprung in den See, die Mutprobe, die von der Bühne ins ersehnte Nirgendwo führte, sondern der Job in dem Berliner Hotel mit dem riesigen Aquarium. Er hatte dort vor einigen Jahren einmal im Rahmen eines Gastspiels gewohnt und war seither fasziniert vom AquaDom. Aus dem Fenster seines Hotelzimmers hatte er in eine strahlendblaue Unterwasserwelt mit leuchtenden Fischen geblickt. Und eines Morgens beim Frühstück zu Füßen des zylinderförmigen Bassins hatte er den Taucher entdeckt, der sich mit seinen Reinigungsgeräten und Lappen Stück für Stück am Glas entlanghangelte und es blank putzte. Die Fische schienen ihn als einen der Ihren zu akzeptieren und schwammen munter um ihn herum.

Ein toller Job, entschied er damals schon. Seine Sängerkollegen schüttelten dazu nur den Kopf. Doch er war sich sicher: Wenn er einmal in eine Situation geraten sollte, in der er nicht mehr weiter wüsste, könnte das sein Zufluchtsort sein. Und genauso war es gekommen. Aber davon würde er nichts erzählen. Nächstes Mal würde er schweigen, mochten Chiaras Augen auch noch so türkisblau leuchten.

3

STARKE FRAUEN

Das Kartendeck lag auf dem Küchentisch ausgebreitet vor Chiara. Conny hatte ihr das Crowley-Tarot geschenkt und ihr auch erklärt, warum sie gerade dieses bevorzugte, obwohl sie dem Schöpfer Aleister Crowley ablehnend gegenüberstand, weil er mit schwarzer Magie in Verbindung gebracht wurde. Chiara hatte gar nicht richtig zugehört. Wenn es ihr zu „magic" wurde, stieg sie aus. Doch sie musste zugeben, dass die Tarotkarten sehr schön gestaltet waren.

Sie begann, die Karten nach Spielfarben zu ordnen: *Kelche*, *Scheiben*, *Schwerter*, *Stäbe* – durchnummeriert vom As bis zur Zehn. Dazu die Hofkarten: *Ritter*, *Königin*, *Prinz*, *Prinzessin*. Dann die Großen Arkana: *Der Kaiser*, *Die Kaiserin*, *Der Hohepriester*, *Die Hohepriesterin*, *Die Liebenden*, *Der Tod*, *Der Teufel*, *Der Narr*, *Der Gehängte*, *Der Eremit*, *Der Magier*, weiter *Die Sonne*, *Der Mond*, *Lust*, *Glück* und *Das Aeon*, das uns zwingt, unsere Froschperspektive zu verlassen. Sie wollte sich anhand der Interpretationen in der Spielanleitung informieren, doch die etwas schwülstige Wortwahl gefiel ihr gar nicht.

Nicht viel besser erging es ihr mit dem Begleitbuch, das ihr Conny geliehen hatte. Anscheinend stammte es von einem Sannyasin und war demzufolge in einem bestimmten Jargon verfasst worden, mit dem sie nichts anfangen konnte. Beim Lesen stellte sie sich vor, wie Menschen wie sie, die sich niemals mit dem Tarot beschäftigt hatten, auf die Interpretationen der Kartenlegerin – meistens waren es ja Frauen, die sich dieser Deutungskunst verschrieben – reagierten. Was hatte so etwas wie *Das Aeon* mit ihrem Leben zu tun?

Die *Habanera* ertönte. Conny erkundigte sich, wie ihr die Tarotkarten gefielen.

Chiara sprach den Satz laut aus, den sie gerade gedacht hatte: „Was hat *Das Aeon* mit meinem oder deinem Leben zu tun?"

„Komm, Kiki", Connys Stimme klang ungehalten, „jetzt werd nicht albern. Ich könnte dir ein Dutzend Begriffe aus der Psychologie nennen, die ziemlich weit hergeholt erscheinen. Lass dich mal ein bisschen mehr drauf ein, und dann reden wir weiter."

„Du hast recht, man kann es nicht so abtun. Die Bilder sind teilweise sehr beeindruckend. Und die Symbolik! Ich muss mir das alles wirklich ganz genau anschauen", antwortete Chiara nachdenklich.

Conny freute sich, dass die Freundin ihren Widerstand gegen das Tarot so rasch aufzugeben bereit war.

Sie hatte erwartet, viel mehr Überzeugungsarbeit leisten zu müssen, aber anscheinend war das gar nicht nötig. Irgendetwas hatte Chiara wirklich stark angesprochen und neugierig gemacht.

In einer solchen Situation musste man sie einfach in Ruhe lassen, das wusste Conny aus langjähriger Erfahrung. Chiara sollte nicht den Eindruck gewinnen, beeinflusst zu werden. Man durfte sich nicht über sie lustig machen und – ihr zweiter wunder Punkt – man durfte sie nicht manipulieren.

Als sie Chiara vorschlug, sich am Abend zu treffen, lehnte diese ab. Marlene, ihre Patientin aus Hannover, hatte sich spontan angekündigt, und Sitzungen mit ihr waren zeitlich überhaupt nicht einzuschätzen. Also hielt sie sich lieber den Nachmittag und den Abend frei.

Kaum hatten sie das Gespräch beendet, rief Marlene an und sagte genauso spontan, wie sie sich am frühen Morgen angemeldet hatte, ab. Es sei ihr etwas Unvorhergesehenes dazwischengekommen. Doch sie sei wegen des neuen Synchronisationsauftrags ohnehin länger in München und daher werde sich bald die Möglichkeit zu einem, ja, sogar zu mehreren Treffen ergeben.

Chiara war weniger verärgert als überrascht, denn von Marlene hatte sie so etwas nicht erwartet. Zwar kannte sie Wankelmütigkeit dieser Art nur zu gut, denn sie gehörte bei vielen Patienten zum sogenannten Krankheitsbild: das Hin- und Hergerissensein, die Entscheidungsschwäche, die Angst vor der eigenen Courage. Zu Marlene passte dieses Verhalten allerdings überhaupt nicht. Ganz im Gegenteil: Marlene war extrem zuverlässig, diszipliniert und gut organisiert. Chiara konnte sich nicht daran erinnern, dass sie in den zwei oder drei Jahren, die sie sich kannten, überhaupt jemals einen Termin abgesagt hatte. Doch sie wollte die aktuelle Erfahrung nicht dramatisieren. Außerdem überwog ihre Neugier, denn seit ihrem letzten Treffen war fast ein halbes Jahr vergangen. Sie freute sich darauf, Marlene endlich wiederzusehen, es mochte ruhig noch ein paar Tage dauern.

Aber allein sein wollte sie heute Abend nicht. Vor allen Dingen nicht mit den Tarotkarten. Diese Aussicht schien ihr beinahe bedrohlich. Also rief sie Conny wieder an und verabredete sich mit ihr im Dernière.

Chiara kam schon etwas früher und stellte erfreut fest, dass diesmal ihr Lieblingsplatz frei war. Auge in Auge mit dem Tiger ließ sie ihre Begegnungen mit Marlene Revue passieren.

Marlene war ihr seinerzeit von Helena vermittelt worden. Die unscheinbare Frau Anfang dreißig mit der auffälligen Stimme arbeitete damals schon seit Längerem als Sprecherin beim Rundfunk und für das Fernsehen. Gerade hatte sie ihren ersten Synchronisationsauftrag erhalten. Das Angebot machte sie glücklich und gleichzeitig atemlos. Im wahrsten Sinne des Wortes. Sie suchte eine Atemtherapeutin, die sie unterstützte. So wie in Hannover wollte sie auch hier in München nicht auf sich allein gestellt sein.

Helena verwies sie an Chiara, der sie auf Anhieb

sympathisch war und die sofort feststellte, dass ihre neue Patientin nicht wirklich Hilfe benötigte, jedenfalls nicht Hilfe dieser Art.

Marlene war eine hervorragende Sprecherin und wusste über Atemtechnik mindestens genauso viel wie sie selbst. Sie suchte wohl etwas ganz anderes: eine Gesprächspartnerin.

In dieser Rolle hatte sich Chiara bewährt. Zunächst ging es um Versagensängste, Lampenfieber, aber es war fast immer Marlene selbst, die ihre eigene Diagnose stellte und sich eine Therapie verordnete. Wenn jemand von außen ihre Sitzungen beobachtet hätte, musste er eigentlich Chiara für die Patientin und Marlene für die Therapeutin halten. Chiara war in Marlenes Gegenwart immer etwas überdreht, enthusiastisch, begeistert, neugierig, während Marlene sogar die von ihr als krisenhaft empfundenen Zustände in ruhigem, souveränem Ton schilderte.

Das war allerdings vor einem Jahr plötzlich ganz anders geworden. Marlene rief an, sie schien wie ausgewechselt, war erregt und durcheinander. Als Chiara ein Treffen vorschlug, lehnte sie heftig ab mit der Begründung, sie könne jetzt nicht nach München kommen, habe in Hannover zu tun. Aber sie müsse dringend mit ihr reden, ausführlich reden. Und das taten sie dann auch in mehreren nächtlichen Telefonaten.

Bevor Chiara versuchen konnte, die damaligen Gespräche zu rekonstruieren, betrat Conny das Lokal. Wie immer gut gelaunt und unübersehbar, mit der spitzen und ziemlich lauten Bemerkung: „Was verschafft mir nun doch die Ehre dieser Audienz?"

Alle Augen waren auf sie gerichtet. Connys Auftritte hatten etwas Atemberaubendes an sich, sie war extrem attraktiv. Sie besaß das, was man Glamour nannte und nicht erklären konnte. In ihrem Fall war besonders reizvoll, dass sie es selbst nicht zu bemerken schien. Jedes Mal schien sie aufs Neue überrascht zu sein von der Wirkung, die sie auf ihre Umgebung ausübte. Dass ihr ihre Schönheit nicht bewusst war oder sie zumindest so agierte, als wisse sie nichts davon, machte sie umso unwiderstehlicher.

Mit wenigen Schritten war Conny am Tisch zu Füßen des Tigers angelangt. Chiaras Blick zeigte ihr, dass sich die Freundin wieder einmal in einer Verfassung befand, in der sie keinen Spaß verstand.

Bevor sie etwas sagen konnte, lenkte Conny ein: „Schon gut, Kiki, ich freu mich, dass wir uns sehen. Schließlich war ich es ja auch, die das Treffen vorgeschlagen hat."

„Ich freu mich auch", erwiderte Chiara und erzählte ihr von dem eigenartigen, sprunghaften Verhalten von Marlene. Conny konnte daran nichts Außergewöhnliches finden. Gleich kam sie wieder auf das Tarot zu sprechen. Sie konnte es immer noch nicht recht glauben, dass ihre Freundin so schnell von der Pauschalverurteilung dieser „unseriösen" esoterischen Praktik abgekommen war.

„Ich hab dir ja schon am Telefon gesagt, dass mir die Bilder gefallen. Wie man bestimmte Zustände so treffend visualisieren kann, bewundere ich sehr", wiederholte Chiara.

„Was meinst du da genau?"

„Das *As der Stäbe* zum Beispiel drückt wirklich in Farbe und Dynamik pure Energie aus. Oder die Karte, die für Streben oder vergebliches Streben steht."

„Du meinst die *Fünf Stäbe*."

„Ich meine die Karte mit den dünnen, beweglichen Stöcken, die durch einen dicken Stock im Vordergrund brutal blockiert werden. Boff! Einfach davorgesetzt. Das ist super gemacht."

„Freut mich", Conny verbuchte das als ihren eigenen Erfolg.

„Na ja, und natürlich hab ich mich mit der *Königin der Kelche* beschäftigt. Aber ich komme damit nicht so recht weiter. Ich kann sie gar nicht erkennen."

„Was meinst du damit?"

„Ich hab mal alle Personenkarten nebeneinander gelegt, die *Königinnen*, die *Ritter*, den *Narr*, die *Hohepriesterin*, also alle Karten, die Figuren repräsentieren. Die *Königin der Kelche* kann ich als Person gar nicht entdecken."

„Versteh ich nicht."

Chiara klang etwas gereizt. „Du siehst auf der Karte weder Kopf noch Körper der *Königin der Kelche*, sondern nur mehrere Bögen, die ineinander verschlungen sind und eine große Eiform ergeben, in der sich jemand verbergen könnte. Aber wer, ist nicht zu sehen."

„Bist du sicher?"

Conny war skeptisch. Ein Blick auf die Uhr zeigte

ihr, dass die Esoterische Buchhandlung nebenan schon geschlossen war, sonst wäre sie schnell hinüber gegangen und hätte sich die Karte angeschaut. Eigenartig, dass ihr das nicht aufgefallen war.

„Warum gerade diese Karte? Die Königin der Kelche ist zurückgekommen! Was hat er damit gemeint?" Chiara überlegte angespannt, doch Conny wiegelte ab: „Vielleicht misst du diesem Satz zu viel Bedeutung bei."

„Das glaube ich nicht. Es war der erste Satz, den er gesprochen hat. Der erste Satz überhaupt. Da kannst du doch nicht sagen, das sei Zufall!"

„Wann siehst du ihn wieder?"

„Morgen. Wenigstens hab ich einen Anknüpfungspunkt. Vielleicht nehme ich die Karten mit."

Conny schluckte ihren Begeisterungsschrei herunter. Jetzt bloß nichts kaputtmachen durch unkontrollierte Temperamentsausbrüche. Das war es ja, was sie ihrer Freundin hatte eröffnen wollen: mit Hilfe der Tarotkarten eine Gesprächsatmosphäre zu schaffen.

Chiara war in der Lage, sehr schnell Verbindungen herzustellen – dort wo andere in der Symbolik verhaftet blieben, fand sie Wege hinaus. Deshalb versprach sich Conny auch so viel von der Kombination Chiara und Tarot. Beim Kartenlegen würden viele Menschen ihre Widerstände schnell aufgeben und sich von den Motiven zu eigenen Assoziationen anregen lassen. Und Chiara würde in der Lage sein, die Enge des Interpretationssystems und die spirituelle Ebene schnell zu verlassen und sich dem Alltag zuzuwenden. Das hatte ihr ein

Satz wie „Was hat *Das Aeon* mit meinem oder deinem Leben zu tun?" gezeigt.

Jetzt wechselte sie erst einmal das Thema: „Erzähl mir von deiner Patientin aus Hannover. Das ist doch die mit der erotischen Stimme – oder?"

„Ja, ihre Stimme ist der Wahnsinn", bestätigte Chiara. „Erst kürzlich habe ich einen Dokumentarfilm im Fernsehen gesehen, in dem sie den Kommentar sprach. Auf eine Weise, die den Inhalt vergessen ließ. Ihre Stimme erweckt Fantasien. Ich konnte mich kaum vor dem Sog, in den sie mich hineinzog, retten. Und das, obwohl ich sie ja persönlich kenne. Wie mag das erst bei Männern sein?"

„Du hast mir mal von einer Krise erzählt, in der sie dich angerufen hat", hakte Conny nach.

„Ja, da war sie völlig neben der Spur, was man natürlich vor allem an ihrer Stimme merkte. Das heißt, ich konnte es sowieso nur an ihrer Stimme festmachen, denn wir haben nur telefoniert und uns überhaupt nicht gesehen. Sie rief mich mehrere Abende oder sogar Nächte – es musste immer sehr spät sein – an und fing sofort an zu reden. Beim letzten Anruf hat sie sich dann bedankt und gesagt, sie wisse jetzt, was zu tun sei. Ich hätte ihr sehr geholfen, aktiv zu werden."

„Wann war das?"

„Vor etwa einem Jahr."

„Und hast du sie danach wieder getroffen?"

„Ja, mehrmals, bestimmt zweimal, das letzte Mal vor einem halben Jahr. Sie war wie immer und wollte von unseren nächtlichen Anrufsessions am liebsten gar nichts mehr wissen. Ihr einziger Kommentar war: ‚Du hast mich gerettet, und dafür bin ich dir ewig dankbar.‘"

„Rätselhaft."

Conny wollte noch mehr über die nächtlichen Telefonate wissen. Sie war der einzige Mensch, dem Chiara von ihren Patienten erzählte, Schweigepflicht hin oder her. Natürlich behielt sie intime Details für sich, den Namen normalerweise auch, Marlene war in dieser Hinsicht die einzige Ausnahme. Sie war eben ein Sonderfall. Chiaras Gefühl für Marlene unterschied sich fundamental von dem, das sie zu ihren anderen Patienten hatte. Sie konnte es nicht klar definieren: irgendwie gleichberechtigt. Erstaunlicherweise erwartete sie selbst sich manchmal Hilfe oder zumindest einen Rat von Marlene.

Damals waren es vier oder fünf Telefongespräche gewesen, die ziemlich direkt aufeinander folgten. Sie liefen immer nach demselben Schema ab: Marlene war höchst erregt, gab ihre Irritation und ihre Angst offen zu. Sie fürchtete einen abschüssigen Weg in einen tiefen Tunnel hineinlaufen zu müssen, aus dem sie nicht mehr heraus finden würde. „Ich bin noch nicht richtig drin, gerade erst reingekommen, noch könnte ich umkehren, aber ich weiß nicht, wie ich meinen Lauf stoppen soll", beschrieb sie ihre Verfassung.

Auf Chiaras Frage nach der Ursache kam sie sofort auf die Vergangenheit zu sprechen: „Sie haben uns damals übel mitgespielt. Und ich dachte immer, es war das Schicksal."

Chiara gelang es nicht, diesen Satz zu interpretieren. Sie bekam nie mehr heraus, als dass es sich dabei um drei oder vier Männer gehandelt habe, die ihr und einer anderen Frau etwas sehr Schlimmes angetan hätten. Der Gedanke an eine Vergewaltigung lag nahe. Vielleicht auf einer Party unter dem Einfluss von Drogen und Alkohol? Sie fragte Marlene bei einem der Telefonate danach. „Wie kommst du denn darauf? Nein, es war viel schlimmer! Für mich jedenfalls."

Chiara hatte sich schließlich zu einer konkreten Empfehlung hinreißen lassen: „Du bist stark, ich erlebe dich als Powerfrau, also gib endlich die Opferrolle auf. Sie passt nicht zu dir. Da bist du eine Fehlbesetzung. Du musst die Dinge selbst in die Hand nehmen, sonst nehmen sie dich in die Hand!"

Conny hatte Chiaras Schilderungen gespannt zu gehört. „Hast du denn gar keine Vermutung, um was es da ging?"

„Schon am Anfang, während der Atemtherapie, hab ich mich immer über ihre detaillierten und fundierten Kenntnisse zu Stimmführung und Atemtechnik gewundert. Ich hab Helena, die sie mir ja vermittelt hatte, damals gleich gesagt: ‚Sie weiß doch genauso viel wie wir darüber, wenn nicht sogar mehr, sie braucht uns gar nicht.‘ Helena meinte, das sei bei ihren Patienten häufiger der Fall. Auf meine Frage nach ihren Kenntnissen antwortete mir Marlene damals, sie habe vor langer Zeit Gesang studiert und Sängerin werden wollen, aber es habe nicht dafür gereicht."

„Na ja, das ist doch gut möglich", meinte Conny.

„Viele erkennen ihre Grenzen ja erst nach der Ausbildung. Doch je eher, desto besser. Das erspart einem Irrwege und Enttäuschungen. Sie hat eine Supersprechstimme, aber das heißt ja nicht, dass sie eine gute Singstimme hat. Außerdem gehören zum Sängerberuf ja noch ganz andere Dinge. Ich habe gerade die Autobiografie von Renée Fleming gelesen, da wird das ganz deutlich."

„Ja, ja, ich weiß" bestätigte Chiara, die jetzt keinen Nerv für Connys Opernausführungen hatte. Wenn sie erst einmal damit begann, würde sie nicht so schnell wieder aufhören, und Chiara wollte sich jetzt nicht ablenken lassen.

„Ich weiß das alles", wiederholte sie. „Du hast mich gefragt, ob ich weiß, was Marlene Schlimmes passiert ist. Das weiß ich nicht, aber ich vermute, nein, ich bin mir sogar sicher, es muss etwas sein, das in der Zeit ihres Gesangsstudiums geschehen ist. In ihrem Gesangsstudium muss der Schlüssel liegen."

4

KARTENSPIELE

Vor dem nächsten Treffen mit ihrem Patienten wollte sich Chiara unbedingt noch einmal gründlich mit dem Tarot beschäftigen. Nicht nur weil er die *Königin der Kelche* erwähnt hatte – was heißt erwähnt, es waren die ersten Worte überhaupt gewesen, die er gesprochen hatte! Sie mischte die Karten und fächerte sie in einem großen Bogen auf. Dann suchte sie sich die Karten heraus, die sie unmittelbar ansprachen. Sie begann mit *Zwei Scheiben – Wechsel* und las im Begleitbuch: Der prophezeite Wechsel werde glücklich verlaufen, was man an der bildlichen Darstellung sehen könne. Chiara vertiefte sich in das Bild der gekrönten Schlange, die Yin und Yang einschloss und eine unendliche Acht bildete, in der Kopf und Schwanz zusammenfanden. Die Karte hatte etwas Tröstendes und Harmonisches: Anfang und Ende gehörten zusammen und schlossen den Wechsel mit ein.

Als harmonisch empfand sie auch *Acht Scheiben –
Umsicht*. Die Karte zeigte einen Baum mit acht symmetrisch und spiegelbildlich angeordneten Blüten, vier
links, vier rechts. Jede Blume hatte fünf rote Blütenblätter, die um einen gelben Kelch herum zu rotieren
schienen. Auch hier verblüffte Chiara die subtile Darstellung der Verbindung von Bewegung und Balance.

Die Karte, die sie besonders beeindruckte, hatte
auch mit diesem Themenkomplex zu tun: *Ausgleichung*, die achte Karte in der Reihe der Großen Arkana.
Sie war ganz in ruhigem Blaugrün gehalten und zeigte
eine Figur, die Chiara als Frau interpretierte. Man
schien an ihr von unten hoch zu schauen, ihre Beine
waren ungeheuer lang. Sie selbst blickte hinunter, auf
ihre vor der Brust verschränkten Hände, in denen sie
ein Schwert hielt, das bis zum Boden reichte und wie
eine Stütze wirkte. Die gesamte Mittellinie schien so
etwas wie ein Stabilisator zu sein. Während viele Figuren in diesem Tarot-Kartendeck in Eiformen eingeschlossen waren, dominierte hier ein Rhombus, der auf
der Spitze stand, ein Kristall, ein Symbol vollkomme-
ner Balance.

Das Telefon riss sie aus ihrer beinahe meditativen
Versunkenheit. Marlene entschuldigte sich für ihre
gestrige Absage und wollte einen neuen Termin verab-
reden: „Wie wärs gleich mit heute oder morgen
Abend?" Chiara zögerte. Sie wollte unbedingt ihren
Sänger-Patienten treffen, bevor sie mit Marlene sprach.
Sie schlug also einen Termin am Anfang der nächsten
Woche vor und Marlene stimmte zu.

Chiara wandte sich wieder den Karten zu, als ihr auffiel, dass sie Marlene eben gar nicht nach ihrem Befinden gefragt hatte. Sie war so auf das Tarot fixiert, dass sie ganz kurz angebunden gewesen war. Es war wirklich skurril. Wenn ihr jemand vor einer Woche gesagt hätte, sie würde ihre Telefongespräche kurz halten, um mehr Zeit für die Betrachtung von Tarotkarten zu haben, hätte sie ihn für verrückt erklärt. Aber so war das mit den vermeintlichen Grundsätzen und Sicherheiten.

Sie legte die nächste Karte neben *Ausgleichung*: Es war *Sieben Schwerter – Vergeblichkeit*. Ein Bild, das für sie gar nichts Negatives verkörperte. Sechs kleine Schwerter mit unterschiedlichen Griffen waren auf ein großes gerichtet, dessen Spitze nach oben wies. Auch diese Karte drückte für Chiara Harmonie aus. Sie wusste nicht, wie sie darin Vergeblichkeit erkennen sollte, sie sah eher einen Tanz der Schwerter. Vergeblichkeit hatte doch mit Resignation und Ausweglosigkeit zu tun! Aber dazu war diese symbolische Darstellung viel zu luftig und dynamisch. Wenn sie jemals mit den Tarotkarten arbeiten würde, müsste es zu einer Umdeutung kommen, das war klar.

Sie konzentrierte sich nun auf die negativen Karten. *Fünf Scheiben – Quälerei*, *Fünf Schwerter – Niederlage* und *Zehn Schwerter – Untergang* repräsentierten für sie sehr treffend das, was ihnen zugeordnet wurde: Beim Pentagramm der dunkelblauen Zahnräder schienen alle gegeneinander zu scheuern und sich zu blockieren. Man hört es geradezu quietschen und ächzen, wenn man die Karte anschaute. Ja, die Qual wurde nicht nur sichtbar, sondern spürbar. Genau wie die *Niederlage*, bei der sich fünf Schwerter – vier gebogene und ein beschädigtes – in der Mitte trafen und gegenseitig lahmlegen. Die Karte drückte eine ungeheure Müdigkeit aus, doch die harmonischen, sanften Farben standen nicht für Kapitulation. Eher für den Aspekt des Sicheingestehens, unterlegen zu sein. Was wäre, wenn man die Blutstropfen, die die Schwerter umgaben, als Blütenblätter interpretierte? Eindeutig waren dagegen die *Zehn Schwerter*. Obwohl Chiara beim besten Willen nicht mehr als acht Schwerter, höchstens neun, wenn man das untere als doppeltes auffasste, erkennen konnte, war das Thema *Untergang* hervorragend dargestellt: durch Schwertspitzen, die aufeinander trafen – man hörte sie richtiggehend klirren. Der Hintergrund ein aggressives Rot-Orange-Gelb, durchzuckt von Blitzen. Eine Karte, deren Wirkung sie physisch spürte, so intensiv war deren Dynamik. Oder war es die Farbe?

Gelb, Orange und Rot tauchten auch im *Aeon* auf, hier allerdings kombiniert mit viel Blau, dessen Kühle die Feurigkeit neutralisierte. Ein Bild, in dem es viel zu entdecken gab. Es gefiel ihr, obwohl ihr der Begriff fremd war und er als Symbol nicht in die Reihe der anderen zu passen schien. Das war ihr gleich aufgefallen. Abgebildet war eine große Figur, die den rechten Zeigefinger auf den Mund legte – eine Aufforderung zum Schweigen. Sie war nackt, durchscheinend und barg in sich eine viel kleinere Figur, die in Gold gekleidet war und einen Stab in der rechten Hand hielt. Umhüllt war das Ganze von einem leuchtenden Ei, das wiederum von blauen Schlangenhänden umgeben war – symmetrisch: Das schien ein Grundprinzip der Symbolik zu sein.

„Die Königin der Kelche ist zurückgekommen" – was konnte der schweigende Sänger in der Psychiatrie damit gemeint haben? Chiara rekapitulierte: ein gut aussehender Mann in der Psychiatrie, wahrscheinlich Mitte dreißig, der beharrlich schwieg – das war der Ausgangspunkt, natürlich, denn aus diesem Grund war sie ja engagiert worden. Beim ersten Treffen war er stumm geblieben, allerdings war sein Schweigen zu keinem Zeitpunkt feindselig gewesen. Deshalb hatte sie seine Widerstandsfähigkeit auch zuerst unterschätzt und geglaubt, seine Austernschale viel früher aufknacken zu können. Ein Trugschluss. Zwar schien er interessiert zu sein an dem, was sie ihm erzählte, aber eher wie der Zuhörer eines Vortrags oder der Zuschauer einer Theatervorstellung, also wie jemand, für den nicht vorgesehen war, mit dem Gegenüber in einen Dialog zu treten, und der das auch selbstverständlich akzeptierte. Das hatte sie anfangs irritiert, jetzt war es ihr klar. Er war ein Bühnenmensch, der in der Welt der Bühne und mit ihren Konventionen lebte und beide Parts kannte: auf der Bühne agierend und im Zuschauerraum konsumierend. Ein Sänger eben.

Er reagierte auf Musik, sogar vom Handy. Opernmusik vom Handy. Nicht ablehnend, sondern erfreut. Kein Purist also. Die Musik war einer der Schlüssel zu seiner Erkrankung, so viel war klar, aber es musste noch andere geben. Vielleicht das Tarot? Legte er sich die Karten? Taten Männer das überhaupt? Sie konnte es sich nicht vorstellen. Kartenlegerinnen waren Frauen, ältere, geheimnisvolle oder verschrobene Frauen jeden Alters. Oder war das nur ein Vorurteil?

Für heute hatte Chiara genug. Sie packte die Karten zusammen und entschied sich für ein Kontrastprogramm: Seit Urzeiten war sie nicht mehr auf Facebook gewesen. Heute war das die passende Ablenkung.

5

DER FACEBOOK-FREUND

Auf ihrer Facebook-Chronik fand Chiara die neuesten Meldungen ihrer Freunde vor – es waren nur wenige. Matthias, der sie zur Mitgliedschaft animiert hatte, hatte sich erst kürzlich wieder darüber lustig gemacht, dass sie innerhalb von zwei Jahren nicht viel mehr als 70 Freunde gesammelt hatte. Er selbst hatte über 500. Chiara fand das absurd, aber sie diskutierte nicht mehr mit ihm darüber. Als sie sich zum ersten Mal gegen seine Sticheleien verteidigen wollte, indem sie ihm ihren Begriff von Freundschaft erklärte, hatte er nur gesagt: „Cool, dein Vortrag, aber Spaß machts trotzdem, neue Gesichter und neue Ideen auftauchen zu sehen, ohne die Leute kennenlernen zu müssen. Dir müsste es auch guttun, bei deinem Job."

Er hatte recht, es tat ihr gut. Er hatte überhaupt oft recht in seinen Einschätzungen, ohne viele Worte darum zu machen. Sie konnte es sich nicht erklären. Er war erst Mitte zwanzig und in vielerlei Hinsicht wie ein junger Mann seines Alters, aber dann und wann äußerte er Dinge, die sie vollkommen verblüfften. Woher wusste er das? Sie versuchte, sich zu erinnern, wie sie gewesen war mit Mitte zwanzig, aber es gelang ihr nur partiell. Einerseits empfand sie sich als viel reifer und umsichtiger als die meisten dieses Alters, die sie heute kannte, andererseits wiederum als viel kindlicher und unbeschwerter.

Matthias war Helenas Sohn. Sie kannte ihn schon seit der Pubertät und hatte sein Herz gewonnen, als sie ihm im Kampf mit seiner Mutter, die seinen Berufswunsch nicht akzeptieren wollte, zur Seite gestanden hatte.

Er wollte Schriftsteller und Performer werden, genauer gesagt: Slam-Poet. Helena war entsetzt. Zwar hatte sie seine Liebe zur Literatur immer bewundert und unterstützt, aber nur, weil sie diese als Hobby angesehen hatte.

Er war ein hervorragender Schüler gewesen, dem alles leichtfiel, vor allem Mathematik. Helena sah ihn schon an einer amerikanischen Elite-Universität, hatte bereits mit ihrem alten Freund vom MIT, dem Massachusetts Institute of Technology, in Cambridge bei Boston Pläne geschmiedet. Doch als sie Matthias davon erzählte, erntete sie nur Ablehnung.

Er war sehr ungehalten darüber, dass sie sich in sein Leben einmischte. „Eine Berufskrankheit der Psychologen!", schimpfte er. „Dein Sohn ist nicht automatisch dein Patient, vergiss das nicht!"

Als Helena Chiara später von diesem Gespräch erzählte, war sie ziemlich kleinlaut. Sie wusste, dass er mit seiner Kritik recht hatte. Dabei war sie keine dominierende Mutter, die sich über ihn stülpte, sondern eher ein Kumpel – jedenfalls in den meisten Situationen. Doch seine berufliche Laufbahn lag ihr sehr am Herzen und sie fürchtete, er unterschätze die Tragweite bestimmter Entscheidungen oder Nichtentscheidungen. Sie warf ihm Sorglosigkeit und Irrationalität, Zögerlichkeit und Entscheidungsschwäche vor, was er heftig zurückwies. Er habe sich längst entschieden, verteidigte er sich. Er wolle schreiben und auftreten und sich in der Poetry-Slam-Szene etablieren.

Matthias hatte seiner Mutter diese Pläne an einem Samstagabend eröffnet, als sie gerade gemeinsam auf Chiara warteten. Helena, die es liebte, ab und zu aufwendig zu kochen, und wusste, dass Chiara das nie tat, hatte sie zu einem italienischen Menü eingeladen: Artischocken-Carpaccio, Saltimbocca mit Polenta, Cappuccino-Parfait. Großartig. Das fand auch Matthias. Und so hatte er rechtzeitig angemeldet, beim Essen dabei sein zu wollen und erst später auszugehen.

Chiara war überrascht, dass sie zweimal läuten und eine Weile warten musste, bevor die Tür geöffnet wurde. „Gut, dass du kommst, deine Meinung ist ihm wichtig", waren die Worte, mit denen Helena sie empfing. Ehe Chiara etwas sagen konnte, redeten beide auf sie ein. Ein Wortschwall im Duett, Mutter und Sohn waren sich sehr ähnlich in ihrem Temperament, dann Stille und erwartungsvolle Blicke.

„Ich finde das super", sagte sie, zu Matthias gewandt. „Du bist so gut, deine Texte sind toll und du kannst sie, ja, wie heißt es bei euch? Performen. Mach da unbedingt weiter."

Matthias umarmte sie spontan. Helena sah sie kopfschüttelnd und mit kalten Augen an, als werfe sie ihr vor, ihr in den Rücken zu fallen, statt sie zu unterstützen.

Chiara kam ihr zuvor: „Jetzt fang gar nicht erst an, beleidigt zu sein, Helena, es geht hier nicht um dich und was du willst oder für richtig hältst, es geht um Matthias."

Helenas Züge entspannten sich etwas, sie lächelte und nickte. Chiara überlegte, ob es ein vorgetäuschter Waffenstillstand war oder eine wirkliche Einsicht. Während des vorzüglichen Mahls sprachen sie nicht mehr darüber.

Matthias tat dann genau das, was er tun wollte, schrieb, publizierte im Internet, trat bei Slams auf, zunächst überall, wo sich die Möglichkeit bot, allmählich bei den renommierteren Veranstaltungen, zunächst in Deutschland, bald auch in Österreich und in der Schweiz. Er avancierte in kurzer Zeit zum Star innerhalb der Slam-Szene und wurde auf den Plakaten extra angekündigt. Chiara hatte ihn zuletzt im Atom Heart Café erlebt und war mehr als bestätigt worden, dass ihre Unterstützung richtig gewesen war.

Matthias war im Facebook-Chat – wunderbar!

„Was hältst du von Tarot?", tippte sie ein.

Sie erhielt prompt eine Antwort: „:-)"

„Ein bisschen mehr!", forderte sie.

„Kenne nur das von Crowley. Geile Bilder. Hat mir früher mal sehr geholfen." Er meldete sich gleich noch mal: „Warum fragst du?"

„Ich hab es erst jetzt kennengelernt und würde gern mit jemandem darüber reden, der nicht zur Esoterikszene gehört."

„Und da bist du auf mich gekommen."

„Ja."

Wieso?"

„Weiß nicht, aber du musst zugeben, ich liege ganz richtig."

„Wie immer."

„Wie meinst du das?"

„Wie immer!"

„Machst du dich über mich lustig?"

„Nein."

Dann war er aus dem Chat verschwunden. Chiaras Computer meldete eine neue E-Mail. Matthias hatte ihr einen YouTube-Link geschickt. *Magic Magician*, der Mitschnitt eines seiner Poetry-Slam-Auftritte. Matthias rappte seinen Text:

Verlass mich jetzt nicht
Auf der Höhe meiner Kunst
Erweis mir weiter deine magische Gunst
Ich brauch dich, mein Bruder
On Stage und allein
Komm setz deine Augen als Scheinwerfer ein

Du bist der Magier, ich bin der Narr
Ohne dich keine Stunde, kein Monat, kein Jahr
Kein Anfang, kein Ende
Keine Zeit, kein Raum
Kein Schlaf, kein Wachsein
Kein Flash, kein Traum
Du bist der Freund ohne Symmetrie
Ich brauche dich, du brauchst mich nie
My Friend Who Doesn't Need Me

Chiara war begeistert. Er war so unglaublich gut. Wahnsinn! Sie war stolz, dass sie an ihn geglaubt und ihm geholfen hatte, sich gegen seine Mutter durchzusetzen. Er würde seinen Weg gehen, das war offensichtlich, und sie hatte es schon damals gewusst. Ein toller Performer.

Gleichzeitig war sie zufrieden, dass Jim Morrison noch so präsent war. Sein „I need a friend who doesn't need me" hatte sie jahrelang begleitet, seit sie den Song *Hyacinth House* zum ersten Mal gehört hatte.

Morrison war einer der großen, legendären Rockstars, den sie gern live gesehen hätte. Aber das war unmöglich: Als er starb, ging sie noch in den Kindergarten.

Spontan rief sie Helena an. Sie beglückwünschte sie zu ihrem Sohn und empfahl ihr das YouTube-Video. „Zum Schluss gibts sogar eine kleine Hommage an Jim Morrison", erzählte sie begeistert.

Helena wurde hellhörig: „Mail mir den Link. Dass er mir davon nichts erzählt hat! Komisch. Wahrscheinlich weiß er es nicht. Wir haben wohl nie darüber gesprochen."

„Worüber?" Chiara wunderte sich, dass Helena plötzlich so traurig klang.

„Die Doors waren meine Band. Ich habe sie so geliebt, ich besitze all ihre Platten. *When the Music's Over* hab ich im Vordiplom gehört, ‚The scream of the butterfly' immer wieder. Na ja, und später bin ich unzählige Male zu seinem Grab auf dem Père Lachaise gepilgert."

Chiara war sprachlos. Helena und die Doors! Sie wusste, dass Helena eine Rock-Vergangenheit hatte und heute noch ab und zu Konzerte besuchte: Bob Dylan, Leonard Cohen. Aber sie wäre niemals auf die Idee gekommen, dass sie so leidenschaftlich für die Doors geschwärmt hatte und offensichtlich immer noch schwärmte. Helena wollte sich unbedingt den YouTube-Auftritt ihres Sohnes ansehen und so verabschiedeten sie sich bald.

Ein Tag voller Überraschungen: Ein junger Poetry-Slam-Rapper mag das Tarot, Helena, die Psychotherapeutin, schwärmt immer noch für Jim Morrison.

6

DER EISBACH

Auf dem Weg zur Klinik überlegte sich Chiara ihre Strategie. Sie lief durch die Isarauen, nachdem sie extra früh gestartet und mit dem Bus zwei Stationen weiter gefahren war, um noch etwas länger zu Fuß unterwegs zu sein.

Vielleicht würde es ihm auch guttun, ein Stück am Fluss entlang zu gehen? Das hatte sie bisher noch nie getan: Es war üblich, dass sie ihre Arbeit mit dem jeweiligen Patienten im Krankenhaus verrichtete, und etwas anderes war ihr auch noch nie in den Sinn gekommen. Aber sie vertraute ihrer Intuition und die empfahl ihr einen Spaziergang. Die Stationsärztin war mit Chiaras Vorschlag einverstanden.

Der Patient empfing sie mit einem Lächeln, das sein ganzes Gesicht beleuchtete. Ein Bühnenlächeln, dachte Chiara sofort und stellte sich eine Opernszenerie mit einem strahlenden Helden vor.

„Schön, dass Sie gekommen sind, ich heiße übrigens Jürgen", begann er das Gespräch.

„Hi Jürgen, ich bin Chiara, das wissen Sie ja. Ich schlage vor, wir laufen jetzt ein bisschen an der Isar entlang – okay?" So direkt wie möglich, hatte sie sich vorgenommen, Bühnenmenschen brauchen klare Anweisungen.

„Okay!" Wieder setzte er dieses kontrollierte Lächeln auf.

Nachdem die Formalitäten auf der Station erledigt waren, liefen sie nebeneinander die Treppe hinunter und verließen das Gelände.

„Wir fahren mit dem Bus zum Haus der Kunst und gehen in den Englischen Garten", schlug sie vor.

Er nickte. Er schien entspannt, und das war nicht die Wirkung der Medikamente. Im Gegenteil: Man hatte die Dosis herabgesetzt, und das tat ihm offensichtlich gut.

Weil ihnen der Bus an der Stuckvilla davonfuhr, entschlossen sie sich, eine Station zu Fuß zu laufen, vorbei am Friedensengel, die Autoschlange entlang, die sich dort immer am späteren Nachmittag bildete. Sie überquerten die Isar, kamen zur nächsten Bushaltestelle und verständigten sich mit einem einzigen Blick, nicht zu warten, sondern weiterzugehen.

Sie kamen an verschiedenen Museen vorbei. Vor dem Bayerischen Nationalmuseum lag eine Skulptur, die einen roten chinesischen Buchstaben zeigte und Touristen einlud, darauf zu posieren, um sich fotografieren zu lassen. Dabei entstanden die komischsten stummen Szenen, die sie beide mit einem Augenzwinkern kommentierten.

Bestimmt würde man sie für ein Paar halten, dachte Chiara, die momentane Situation von außen betrachtend. Sicher, sie war zehn Jahre älter, aber das war schließlich nichts Ungewöhnliches. Man hatte sie einmal sogar für Matthias' Freundin gehalten, und der war fast zwanzig Jahre jünger als sie. Sie war nicht eitel, aber natürlich tat ihr so etwas gut.

Bei den Eisbachsurfern blieb er stehen. Wie so viele andere, die sich an dem kleinen Geländer drängten. Junge Männer und heute erstaunlich viele junge Frauen balancierten in Neoprenanzügen auf kurzen Surfbrettern durch das Wildwasser. Manche fielen sofort vom Brett, wurden von den Strudeln in die Tiefe gezogen und kurze Zeit später an anderer Stelle wieder ausgespuckt. Es gab einige Balancekünstler, die sich unglaublich lange über Wasser hielten, so dass die Zuschauer ihnen applaudierten. Aber irgendwann erwischte es jeden. Jürgen klatschte besonders heftig und riss die anderen mit. „Na klar, er weiß, wie wichtig der Beifall für einen Künstler ist", kommentierte Chiara in Gedanken.

Es dauerte eine ganze Weile, bis er sich von den Surfern löste. Sie gingen am Eisbach entlang, als er auf einmal zu sprechen begann.

Er erzählte von seiner Kindheit, die sich zum größten Teil im Schwimmbad abgespielt hatte, jedenfalls der Teil, an den er sich gern erinnerte. Sobald er im Wasser war, konnte er alles abstreifen: die bedrückte

Stimmung zu Hause – seine Eltern ließen sich irgendwann scheiden und nahmen nicht viel Rücksicht auf die Kinder –, den Stress in der Schule und mit seiner ersten großen Liebe. Sobald er sich von Wasser umgeben fühlte, perlte alles von ihm ab, die Sorgen, die Vorwürfe, die Beschimpfungen hatten keinen Halt mehr an seinem Körper. So mussten sich Fische fühlen, hatte er schon als Kind gedacht, glatt und geschmeidig, es war unmöglich, sie festzuhalten.

Unglaublich viel von ihnen gelernt habe er bei seinem Reinigungsjob in einem riesigen Aquarium, schwärmte er ihr vor. Da glitt er zwischen tausend Fischen – von klitzeklein bis riesengroß – durchs leuchtendblaue Wasser. Zu seinen Aufgaben habe es nicht nur gehört, die gebogene Glasscheibe zu putzen, sondern dabei gleich auch die Fische zu füttern, was ihm besonders gefiel. Manchmal kam es ihm so vor, als würden die Fische ihn als einen der Ihren akzeptieren. Ein besonders großer Fisch machte sich einen Spaß daraus, ihm den Reinigungslappen aus der Hand zu reißen. Dann schwammen sie miteinander um die Wette, immer im Kreis herum, und er vergaß seinen Fensterputzjob und ließ sich von der Wasserwelt umspülen und verzaubern. Genau wie die Zuschauer, die in einem gläsernen Lift mitten durch das zylinderförmige Aquarium fuhren. Dieser Fahrstuhl war die große Attraktion des Hotels. Er selbst war, nachdem er ihn zum ersten Mal benutzt hatte, gleich mehrfach hoch und runter gefahren. Es war wie ein Rausch.

Sie hörte ihm gespannt zu. Er war ein mitreißender

Erzähler mit Sinn für dramaturgische Effekte, und ihr gefielen seine Geschichten. Als er wieder auf seine Kindheit zurückkam und von den Versuchen der Sportlehrer berichtete, sein großes Talent zu fördern, änderte sich sein Ton und vor allem das Tempo. Er stockte, überlegte, korrigierte sich.

Seine Leidenschaft, so drückte er sich aus, habe gedroht, zu seinem Verhängnis zu werden. Das habe er natürlich damals noch nicht so genau erkannt, aber doch gespürt, dass er sich retten musste.

Sie fand seine Wortwahl etwas zu dramatisch, melodramatisch – ja, opernmäßig.

Eine Schwimmkarriere habe ihn niemals gereizt, schilderte er weiter. Denn er habe gefürchtet, in den unzähligen Trainingsstunden genau das zu verlieren, was er im Wasser fand. Er konnte es nicht konkretisieren. Er fand es auch nicht immer, aber wenn, dann war er glücklich. Er nannte es Augenblicksbegeisterung.

„Augenblicksbegeisterung!" Chiara reagierte beinahe überschwänglich: „Auge – Blick – Begeisterung! Und das alles in einem Wort! Ich hab kürzlich so eine Schlagzeile gelesen, es ging um eine Oper, in der ein überdimensionales Auge eine Rolle spielte. Wissen Sie, was ich meine? Irgendeine spektakuläre Inszenierung. Da müssten Sie sich doch auskennen."

Als seine Gesichtszüge erstarrten und er verstummte, wusste sie, dass sie einen Fehler gemacht hatte.

„Oh, ich hätte es wissen sollen, einmal nicht aufgepasst, einmal die Gefühle laufen lassen", sprach Chiara im Geist zu sich selbst.

„Versungen und vertan – jedenfalls für heute." Der Anlass für sein Schweigen war offensichtlich ihre Erwähnung der Oper gewesen. Zu dumm, dass sie sich auf diesem Gebiet so wenig auskannte.

Dass sie die Oper erwähnte – es handelte sich um die *Tosca*-Inszenierung auf der Bregenzer Seebühne –, hatte ihm einen kleinen Schock versetzt. Aber der eigentliche Grund für seinen Rückzug war ein anderer: Ihm war plötzlich klar geworden, wo er die Wirkung, die das Schwimmen seit seiner Kindheit auf ihn ausgeübt hatte, später wieder erlebte: beim Singen. Wenn er sang, vergaß er alles andere. Nichts konnte sich an ihm festhaken, er schüttelte alles ab. Es war anders als im Wasser, anstrengender, jedenfalls am Anfang, wenn er die ersten Töne anschlug. Das kostete Kraft, Überwindung, jedes Mal aufs Neue und unabhängig davon, ob es im Studio der Gesangslehrerin oder auf der Bühne geschah. Doch innerhalb kürzester Zeit schien sich seine Stimme zu verselbstständigen. Sie nahm ihn mit, trug ihn mit sich fort wie das Wasser. Er brauchte gar nichts zu tun, er durfte nur keinen Widerstand leisten, musste es geschehen lassen, die Augenblicksbegeisterung auskosten. *Dann sang es ihn.* Das wunderbarste Gefühl, das er kannte. Aber davon sollte Chiara nichts wissen. Ihre türkisblauen Augen sollten ihn begleiten, aber nicht durchschauen.

7

GRAND OPÉRA IM CAFÉ DERNIÈRE

An diesem Nachmittag wollte Chiara nicht mit den Tarotkarten allein sein, sie brauchte Menschen um sich. Am liebsten und vor allem Conny. Mit ihr konnte sie locker über die Karten und die Oper reden: zwei mögliche Schlüssel zu Jürgens Problemen. Sie registrierte, dass sie ihn in Gedanken seit Kurzem nur noch mit Vornamen nannte, ähnlich wie Marlene. Er war auf dem besten Weg, wie diese einen Sonderstatus einzunehmen, oder er tat es längst.

Seine emphatische Hymne an das Element Wasser ging ihr im Kopf herum. Sie bemühte sich krampfhaft, nichts zu vergessen, und hatte gleichzeitig das Gefühl, dass es ihr entglitt.

Sie wollte eben nach dem Handy greifen, um Conny anzurufen, als die *Habanera* ertönte: Conny!

Sie klang aufgeregt und drängte zu einem Treffen, so schnell wie möglich und am besten im Dernière.

„Ich kann in einer halben Stunde dort sein", erwiderte Chiara.

Als sie das Café betrat, war Conny schon da. Sie saß entgegen ihrer Gewohnheit in der hintersten Ecke, ganz verborgen, als wollte sie sich verstecken. Bevor Chiara sich setzen konnte, brach es schon aus der Freundin heraus: „Irgendetwas passiert in unserer Umgebung, wir denken, wir sind Zuschauer, dabei gehören wir zu dem makabren Spiel, sind mittendrin: Mitspieler, schlimmer noch, Spielfiguren! Wir blicken nicht durch, wissen nicht, welchen Part wir spielen und was noch alles geschehen wird!"

„Das klingt ja nach Verschwörungstheorie, Conny, beruhige dich doch. Wovon redest du überhaupt?"

„Du weißt doch, dass ich mir vor zwei Wochen in Venedig *Andrea Chénier* angeschaut habe."

„Oh ja, du hast mir mehr als einmal davon vorgeschwärmt, besonders von dem Sänger des Carlo Gérard. Wie heißt er doch gleich? Er ist ja noch nicht so bekannt."

„Moritz Berner. So hieß er. Sie haben ihn einen Tag nach der Vorstellung, in der ich war, tot aus dem Canal Grande gefischt."

„Was? Woher weißt du das?"

„Ich habe heute Morgen ein bisschen gegoogelt und die Nachricht gefunden."

„Das ist ja grauenvoll." Chiara war ehrlich betroffen. „Weiß man mehr über die Umstände?"

„Eine Meldung lautete: ‚Unfall eines Sängers', eine andere ‚Tragisches Ende eines Sängers'. Vermutlich hat er nach der Vorstellung noch mit seinen Kollegen gefeiert, zu viel getrunken und ist ins Wasser gestürzt."

„Klingt irgendwie nicht sehr überzeugend."

„Finde ich auch. Aber es kommt noch absurder, Chiara, halt dich fest. Oder bestell dir am besten erst mal was zu trinken. Aber etwas Richtiges, einen Whiskey oder einen Wodka."

„Was ist bloß los mit dir, Conny? Du weißt doch, so etwas trinke ich nie. Was hast du dir da überhaupt bestellt?" Chiara deutete auf Connys Cocktail.

„White Russian – Wodka und Kahlúa: Wodka zum Beruhigen und Kahlúa zum Stärken. Wir müssen gesund und handlungsfähig bleiben."

Allmählich sorgte sich Chiara wirklich um den Gemütszustand ihrer Freundin. Sie verhielt sich sonderbar.

Natürlich war es tragisch, dass der Sänger, der ihr so gefallen hatte, verunglückt war. Und dann noch auf diese dramatische Weise: ertrunken im Canal Grande. Richtig opernmäßig, genau wie das, was sie heute mit Jürgen erlebt hatte. Wasser hatte dabei auch eine wesentliche Rolle gespielt: der Eisbach, der ihn zu Erinnerungen an seine Kindheit im Schwimmbad und zur ausführlichen Schilderung seiner Augenblicksbegeisterung angeregt hatte. Bevor er wieder in Schweigen verfallen war.

„Ich glaube, es hat mit mir und auch mit dir zu tun", stieß Conny hervor.

„Was hat mit dir und mit mir zu tun?"

„Alles. Alles, was ich dir erzählt habe. Sag mal,

merkst du gar nicht, was gespielt wird? Du bist doch Psychologin, aber manchmal kriegst du gar nichts mit. Ich ringe hier um Erkenntnisse, versuche, Zusammenhänge aufzudecken und Unheil zu verhindern, aber du bleibst völlig cool. Chiara, so kommen wir nicht weiter, so geht es nicht!"

Chiara konnte Connys exaltierten Zustand nicht mehr länger ihrem überschwänglichen Temperament zuschreiben, dafür hielt er schon zu lange an. Normalerweise steigerte sie sich nur kurz in Dinge hinein, kostete die Dramatik eine Weile aus, um dann zur gewohnten Nüchternheit zurückzukehren. Eine Pragmatikerin mit Fantasie. Diese Kombination liebte Chiara an ihrer Freundin. „Aber Conny, was ist bloß los mit dir? Du redest schon wie Marlene bei ihren nächtlichen Anrufen."

„Wer weiß, vielleicht hängt die auch mit drin. Mich kann gar nichts mehr erschrecken."

„Stimmt nicht, da irrst du dich, du bist ja irgendwie schön völlig verschreckt. Zu Tode erschrocken."

„Vielleicht ist es das? Ja, das könnte es sein."

„Was?"

„Vielleicht ist er zu Tode erschrocken?"

„Wer?"

„Der Sänger."

„Quatsch, er hatte zu viel getrunken, dachte, der Canal Grande sei eine Straße, hat das Wasser übersehen, was weiß ich."

„Eben hast du noch gesagt, dass das nicht sehr überzeugend klingt."

„Stimmt, ich weiß, aber warum du jetzt so eine Riesensache daraus machst, weiß ich nicht. Willst du die Grand opéra ins Café Dernière holen?"

Chiara wurde langsam ungeduldig. Sie konnte es kaum ertragen, Conny in einer solchen Verfassung zu erleben. Das passte einfach nicht zu ihr. Vor allem nicht als Reaktion auf diesen blöden Unfall.

Conny war plötzlich nachdenklich geworden. Sie ging zum Zeitungstisch und kramte zwischen den Blättern herum. Weil sie offensichtlich nicht das fand, was sie suchte, wandte sie sich an die Bedienung: „Wo habt ihr die Zeitungen vom Vortag oder von der letzten Woche?"

Heute bediente die junge, schnippische Rothaarige, deren nassforsche und zugleich altkluge Antworten Chiara manchmal nervten. Doch heute fand sie sie angemessen: „Wo werden die schon sein? Im Papiercontainer. Nichts ist so überflüssig und alt wie die Zeitung vom Vortag."

Conny setzte sich wieder.

„Was wolltest du denn mit den alten Zeitungen?", fragte Chiara.

„Wir haben doch in der *Süddeutschen* gelesen, dass ein Sänger vom Dach der Opéra Garnier in Paris gestürzt ist. Ich hatte das völlig vergessen, aber du hast eben das Stichwort geliefert: Grand opéra!"

„Ich glaube, da stand nicht mehr drin, nur diese Notiz, nicht einmal der Name des Sängers. Aber sag mal, Conny, neulich habe ich von einer Opernaufführung gelesen, in der ein riesiges Auge das Bühnenbild dominierte. Kannst du mir sagen, was das war?"

„*Tosca*, Bregenz, Seebühne", antwortete Conny stakkatoartig. „Ich ärgere mich immer noch, dass ich sie nicht gesehen habe. Die Festspiele sind letzte Woche zu Ende gegangen."

Die *Habanera* erklang. Helena. Sie schien unterwegs zu sein, wahrscheinlich im Zug. Chiara hörte nur Satzfetzen und ging vor das Café, weil dort der Empfang besser war. „Du sollst es als Erste erfahren, damit du dich gleich darauf einstellen kannst", war der einzige zusammenhängende Satz, den sie verstand. Dann hörte sie nur das Tuten, das signalisierte, dass die Verbindung endgültig gekappt war.

Helena würde hoffentlich wieder anrufen. Wahrscheinlich ging nun alles noch schneller, als sie gedacht hatte. Helena war wohl auf dem Weg nach Berlin oder kam zurück von Berlin. Ob sie schon eine passende Wohnung gefunden hatte?

Als sie zurück an den Tisch kam, fragte Chiara Conny, ob sie ihr vorübergehend mit Geld aushelfen könnte.

„Klar, das weißt du doch. Wie viel brauchst du?"

„Ich weiß es noch nicht genau, aber ich werde bald keine neuen Patienten mehr von Helena bekommen und mich neu orientieren müssen."

„Das ist gut, Kiki", Conny schien zufrieden. „Dann hast du mehr Zeit und die brauchst du ja jetzt auch."

„Du meinst fürs Tarot. Damit ich tiefer eintauchen kann, um meinen Patienten eine seriöse Beratung zu bieten und in kürzester Zeit zur kultigen Münchner Tarot-Psychologin zu avancieren, von der die ganze

Szene spricht, weil sie mit Hilfe der Karten unglaubliche Therapie-Erfolge erzielt. Man nennt sie deshalb überall ‚Die Hohepriesterin‘ oder besser noch: ‚Die Magierin‘.“

Connys lachte: „‚Die Magierin‘! – Nicht schlecht, das gefällt mir. Ich hätte nie gedacht, dass du so schnell davon zu überzeugen sein würdest.“

„Ich hab nicht gesagt, dass ich wirklich damit arbeiten will, aber du hast recht, es hat etwas, was mich fasziniert.“

„Und das genau im richtigen Moment“, freute sich Conny.

Abrupt wurde sie wieder ernst: „Ich hab dir das Wichtigste noch gar nicht erzählt. Er hatte eine Tarotkarte in der Tasche.“

„Wer?“

„Moritz Berner.“

Jetzt war Chiara fassungslos. Wie konnte das sein? Oder vielmehr, woher wusste Conny so etwas? Die Leiche eines Sängers wird aus dem Canal Grande geborgen. Das war eine Zeitungsmeldung wert – klar, aber der Inhalt seiner Taschen? Vor allem war doch bestimmt alles nass, durchweicht, unleserlich.

Weil sie vor Verwirrung schwieg, redete Conny weiter: „Ja, da fällt dir nichts mehr ein, Kiki, das kann ich verstehen. Im Blog der Amici della Fenice heißt es, Moritz Berner habe seinen Pass, seinen Führerschein, seine Kreditkarten und ein Flugticket in eine Plastiktüte gewickelt, zusammen mit einer Tarotkarte.“

„Sagt der Blogger auch, um welche es sich handelt?" Chiaras Gedankengewirr war plötzlich in extreme Klarheit umgeschlagen – wie ein Quantensprung.

„Oh ja, sagt er. Und jetzt rate mal!"

„Ist es wirklich ...?" Chiara wagte nicht, den Satz zu vervollständigen. Diesen Triumph überließ sie Conny, die ihre Stimme bedeutungsschwer senkte und betont langsam sagte: „Die *Königin der Kelche*."

8

DIE NEUE BUCHHANDLUNG

Nach den Aufregungen dieses Tages brauchte sie jetzt einen Kakao. Am Weißenburger Platz gab es seit Kurzem einen Coffee-to-go-Laden. Eigentlich mochte sie diese Fastfood-Coffeeshops nicht, aber hier kam er ihren Gewohnheiten entgegen: Sie konnte den Pappbecher zu ihrer Lieblingsbank mitnehmen.

Das köstliche Getränk und das Plätschern des Brunnens brachten allmählich Ruhe in ihre strapazierten Nerven. Es war ein schöner Spätsommerabend. Sie ließ die Gedanken und Bilder kommen und gehen. Jürgen und die *Königin der Kelche*, der tote Sänger in Venedig und die *Königin der Kelche*: Was hatte es bloß mit dieser Karte auf sich? Spielte sie eine Rolle bei Sängern? Stand sie für etwas ganz Bestimmtes? Ein Codewort? Einen Glücksbringer? Einen Fetisch?

Als sie ihre Puderdose suchte, um nachzuschauen, ob sie einen Kakaoschnurrbart hatte – letztes Mal war sie damit durch die halbe Stadt gelaufen und hatte sich über die belustigten Blicke der Passanten gewundert –, fand sie zu ihrer Überraschung das Tarot-Kartendeck in ihrer Tasche. Sie musste es beim hastigen Aufbruch ins Café eingesteckt haben. Also suchte sie die *Königin der Kelche* heraus und betrachtete die Karte noch einmal ganz genau. Sie konnte jedoch nicht mehr entdecken als sonst auch: Da waren die zur Eiform ineinander verschlungenen Bögen, in denen man sich verbergen oder geborgen fühlen konnte. Eine Person war nicht zu erkennen. Die *Königin der Kelche* hielt sich bedeckt, ja, versteckt und sorgfältig getarnt. Verbarg sich dahinter vielleicht eine Spur, die zu den Sängern führte? Der Schlüssel?

Sie mischte die Karten, teilte sie in drei Stapel auf, entschied sich für einen, mischte ihn noch mal, zwang sich zu denken: „Was bestimmt und beschäftigt mich gerade?" Dann zog sie eine Karte. *Der Kaiser.* Er saß mit übereinandergeschlagenen Beinen auf seinem Thron, hielt das Zepter in der Hand und blickte arrogant zur Seite. Wie eitel er war! Dieses Symbol passte überhaupt nicht zu ihrer momentanen Situation. Statt in der Spielanleitung die Bedeutung der Karte nachzuschlagen, suchte sie das weibliche Pendant: *Die Kaiserin.* Beim ersten flüchtigen Betrachten hatte sie sich von dieser Karte stark angesprochen gefühlt. Auch die Kaiserin trug Krone und Zepter, aber mit Anmut. Das Zepter war eine Lotosblüte. Auch sie war im Profil zu sehen, aber nicht, weil sie sich von einem möglichen Betrachter abwandte, sondern weil sie sich der Taube links neben sich zuwandte. Zweimal Herrschaft und doch so verschieden, resümierte Chiara.

Sie suchte nach dem weiblichen Pendant zum *Magier*. Vergeblich. Die *Magierin* existierte nicht. Eigenartig, es gab den *Kaiser* und die *Kaiserin*, den *Hohepriester* und die *Hohepriesterin*, aber den *Narr*, den *Eremiten* und den *Magier* gab es nur in der männlichen Variante. Der *Narr* stand für Neuanfang und kindliche Unschuld, der *Eremit* für Weisheit und Einsamkeit, der *Magier* für Kreativität und Genialität. Dass die Erfinder des Tarot, wer immer es auch gewesen sein mochte, damit männliche Figuren verbanden, überraschte sie nicht, wohl aber, dass sich eine Kaiserin und eine Hohepriesterin in diese Männergesellschaft verirrt hatten. Doch unter den Hofkarten waren die Frauen ja sogar gleichberechtigt: *Ritter*, *Königin*, *Prinz*, *Prinzessin*. – Warum aber gab es keinen König?

Wenn sie sich wirklich auf das Tarot einlassen sollte, würde es noch viele Fragen zu beantworten geben. Für heute zog sie ein Fazit: *Die Magierin* fehlte, und das war zweifellos ein Manko.

Es war kühl geworden, Zeit zum Aufbruch. Sie würde noch eine Weile durch Haidhausen schlendern, bevor sie nach Haus ging. Als sie in die Rablstraße einbog, registrierte sie gleich, dass sich etwas verändert hatte: Vor einem Laden, der seit ewigen Zeiten geschlossen gewesen war, standen ein runder Tisch, drei Stühle, daneben ein Taschenbuch- und ein Postkartenständer. Auf dem Tisch zwei Weingläser, eine Tasse und ein halbvoller Aschenbecher. Menschen waren nicht zu sehen. Das Stillleben weckte ihre Neugier. Als sie noch ein paar Schritte davon entfernt war, stürmte ein großer, hellblonder Mann aus dem Laden, laut vor sich hin sprechend, mit starkem österreichischen Akzent: „Momenterl, das haben wir gleich. Heut Früh wars doch noch da, ich habs nicht verkauft. Wo sind denn meine Augengläser?" Er griff sich an den Hals, suchte offensichtlich die Schnur oder die Kette, an der seine Brille befestigt sein musste. Doch da war nichts. Er schaute kurz ratlos vor sich hin, schob die Unterlippe vor, was ihn wie ein trotziges Kind wirken ließ, machte auf dem Absatz kehrt und eilte wieder in den Laden.

Vor dem Geschäft angelangt, hörte sie seinen Freudenschrei. „Ich habs doch gewusst, dass es da ist!" Durch das Schaufenster sah sie, wie er seiner Kundin triumphierend die Ausgabe der Benn-Gedichte entgegenhielt, die sie im letzten Jahr von einem Patienten geschenkt bekommen hatte. Und dann begann er ohne Ankündigung zu deklamieren: „Ein Wort, ein Satz –: aus Chiffren steigen ..." Er begann sehr langsam, Wort für Wort betonend, um sich schließlich in ein ungeheures Tempo zu steigern. Und weil dabei die Deutlichkeit zunehmend nachließ, verstand sie das Wort „Sternenstrich" nur, weil sie das Gedicht gut kannte.

Sie beobachtete das Geschehen im Laden wie ein Theaterstück. Das Schaufenster bildete die Umrisse der Guckkasten-Bühne. Dass die Frau nach diesem eindrucksvollen Vortrag – wer konnte heute noch Gedichte auswendig hersagen? – überhaupt noch zögerte, war ihr unverständlich. Was sie hervorbrachte, verstand Chiara nicht, nur die Antwort des Buchhändlers: „Passt schon!" Er wollte das Buch schon wegräumen, da tönte es laut: „Ich nehm es! Das muss ich unbedingt haben. Das ist ja cool!"

Noch bevor sie ihn sehen konnte, wusste sie: Matthias war in der Buchhandlung. Die Stimme war unverkennbar. Mittlerweile hatte sich aber die Frau wieder umentschieden. „Ach, ich nehme es auch." Das brachte den erfreuten Buchhändler in Bedrängnis: „Es müssten zwei da sein, ich habe immer mindestens drei am Lager, und gestern Abend hab ich nur eins verkauft." Er schaute sich um.

Chiara entdeckte das gesuchte Buch im Taschenbuchständer, nahm es heraus und betrat damit den Laden: „Hier ist noch ein Benn-Band. Hallo Matthias!"

„Gott sei Dank!" Der Buchhändler war erleichtert und Matthias voller Freude, sie zu sehen. Lachend umarmten sie sich.

Natürlich war er wieder in Eile: „Chiara, ich muss leider schon wieder weiter. In der Muffathalle ist Probe. Ist doch geil, dass wir hier jetzt endlich so eine coole Buchhandlung haben, nicht?" Bevor sie antworten konnte, war er schon wieder weg, das Benn-Buch unter dem Arm.

Nachdem auch die andere Kundin gegangen war, wandte sich der Buchhändler ihr zu: „Möchten Sie etwas trinken? Was darf ich Ihnen anbieten, Cappuccino, Espresso, Wein?" An der hinteren Wand des zweiten Verkaufsraums befand sich eine Theke, vor der zwei

Barhocker standen. Als sie zögerte, fügte er hinzu: „Kakao habe ich auch, aber leider keinen Schlag." Noch ein Kakao, das war das Richtige: Sie genoss den Luxus, sich heute gleich zweimal die heiße Süße zu gönnen. Der Buchhändler bereitete das Getränk mit großer Sorgfalt zu und fragte, nachdem sie den ersten Schluck getan hatte: „Schmeckts gut?"

„Oh ja, wunderbar, der beste Kakao seit langer Zeit." Das war keine Schmeichelei, Chiara war echt begeistert. „Wie lange sind Sie schon hier? Es ist doch noch gar nicht so lange her, seit ich hier entlang gegangen bin, da stand noch alles leer."

„Ich habe vor einer Woche eröffnet – mit einer Lesung meines Freundes Stefan Albers. Schauspieler an den Kammerspielen."

„Ja, ich weiß. Hab ihn schon oft auf der Bühne gesehen. Was hat er denn gelesen?"

„Arno Schmidt *Zettels Traum*. Einfach irgendwo aufgeschlagen und losgelesen. Ohne Vorbereitung. Totale Improvisation. Gigantisch."

„Sie sind ein Arno-Schmidt-Liebhaber?"

„Ja, er ist der Größte. Neben James Joyce. Der größte Deutsche, meine ich."

„Ungewöhnlich für einen Österreicher. Wie stehts mit Bernhard oder Handke oder Jelinek?"

„Der letzte Handke war wieder ein Meisterwerk. Thomas Bernhard hab ich, ehrlich gesagt, erst sehr spät für mich entdeckt. Ich glaube sogar, erst nach seinem Tod. Und Jelinek ist für mich vor allem Theater. So, jetzt kennen Sie mein Profil."

„Ich finde es sehr mutig, jetzt und hier eine Buchhandlung zu eröffnen. Wo doch alle klagen. Noch dazu eine mit einem so exquisiten Programm."

„Wenn schon, dann nur so", erklärte er, „ich versuche es einfach. Die Miete ist ziemlich günstig. Personalkosten hab ich nur für mich und eine Mitarbeiterin, eine ehemalige Buchhändlerin, die jetzt in Rente ist. Sie hat mir angeboten, ab und zu auszuhelfen, einfach so, weil es ihr Spaß macht. Also schaun mer mal."

„Ich bin jedenfalls sehr froh, und mein Freund Matthias ist es auch, das haben Sie ja gehört."

„Es gibt einfach Zeiten, die danach schreien, etwas Neues zu beginnen."

„Wem sagen Sie das", pflichtete Chiara ihm bei, „manchmal auch dann, wenn man es gar nicht will."

Er schaute sie so interessiert-erwartungsvoll an, dass sie begann, von ihren Job-Sorgen zu erzählen: von Helenas Entschluss, ihre Praxis aufzugeben, wodurch ihr ein wesentlicher Teil ihres regelmäßigen Einkommens wegbrechen würde. Sie genoss es, ein fremdes Gegenüber zu haben, das locker, bereitwillig und mit großer Offenheit plauderte, so dass sie ihre Kunst des Austernknackens nicht anwenden musste und stattdessen selbst ins Erzählen geriet.

„Warum machen Sie nicht selbst eine Praxis auf?", fragte er direkt. „Das kann doch nicht so aufwendig sein. Sie brauchen doch keine besondere Ausstattung, eigentlich nur Tisch, zwei Sessel, einen Kasten, eine Stellage."

„Ich bräuchte dazu einen Raum. Und die Münchner

Mieten sind hoch, wie Sie wissen. Auch wenn Sie selbst hier Glück gehabt haben."

„Wie viele Räume benötigen Sie denn?", fragte der Buchhändler.

Sie überlegte kurz: „Eigentlich nur einen und natürlich eine Toilette oder am besten ein kleines Bad."

„Ich hab einen Raum übrig. Eigentlich sogar zwei. Schaun Sie!"

Mit diesen Worten nahm er sie beim Arm und zog sie hinter sich her. Hinter dem Ladenlokal befand sich ein ziemlich großer, leerer Raum, daneben ein ganz kleiner mit einer Art Kochnische.

„Die Toilette ist auf der anderen Seite, neben meiner Büroecke", erklärte er.

Sprachlos betrachtete sie die Räumlichkeiten.

„Überlegen Sie es sich. Ich will nicht viel dafür haben. Mir ist es allein ein bisschen langweilig. Es tät mir schon gefallen, wenn hier noch jemand wäre, mit dem man zwischendurch mal reden kann."

Als sie ihn an seine Kunden erinnerte, meinte er: „Ja klar, aber das ist unberechenbar. Heute Mittag stand der Laden voll, alle wollten Beratung, Cappuccino, Wein. Ich hab viel verkauft. Das ging eine Stunde lang so, aber danach zwei Stunden fast gar nichts." Er hielt inne. „Oder meinen Sie, das könnte Ihre Gespräche mit Ihren Patienten stören?"

„Nein, überhaupt nicht. Bücher sind schließlich eine angenehme Nachbarschaft – und Leser." Sie schenkte ihm ein kokettes Lächeln: „Und Literaturliebhaber sowieso."

Er nickte zustimmend. „Mein Name ist übrigens Jonathan Klüger", stellte er sich vor.

„Freut mich, ich heiße Chiara Munter."

„Passt gut", freute er sich.

„Ihr Name aber auch", gab Chiara das Kompliment zurück und verabschiedete sich mit dem Versprechen, die Sache zu überschlafen und in den nächsten Tagen wieder vorbeizuschauen.

„Überlegen Sie nicht zu lange", gab er ihr mit auf den Weg. „Ich hab die besten Erfahrungen mit spontanen Entschlüssen gemacht. Servus!"

9

IM LABYRINTH DER FREUNDSCHAFT

Während sie am Weißenburger Platz noch geplant hatte, den Tag ruhig ausklingen zu lassen und neue Einsichten jeglicher Art von sich fernzuhalten, loggte sie sich zu Hause gleich wieder in Facebook ein. Die unerwartete Begegnung mit Jonathan Klüger und sein spontanes Angebot, ihr einen Raum in seiner Buchhandlung abzutreten, hatten eindrucksvoll bewiesen, dass der heutige Tag sich nicht beruhigen lassen würde. Sie konnte machen, was sie wollte, die Dinge und Menschen um sie herum ließen sie nicht los. Also hatte es wenig Sinn, sich dagegen zu wehren. Mitmachen, in den Strudel der Ereignisse eintauchen. Und die nächste Station hieß für sie eben Facebook.

Sie suchte zunächst nach Moritz Berner und fand ihn sofort. Als Nicht-Freundin erfuhr sie erwartungsgemäß nur wenig über ihn, eigentlich nur, dass er Sänger war, in Venedig gastierte und besonders gern in eine spezielle Kirche ging: Santa Maria Gloriosa dei Frari. Es gab ein einziges Fotoalbum, das zwei Bühnenfotos zeigte, offensichtlich bei einer Probe entstanden, und Aufnahmen aus einem gewissen Club des Poètes in der Rue de Bourgogne in Paris: ein dunkler Raum mit kleinen Tischen, die alle besetzt waren. Im Vordergrund eine Frau mit karottenrotem Haar und schwarzem Kleid, die etwas zu deklamieren schien.

Dann beinahe die gleiche Szene, doch diesmal war Moritz Berner der Vortragende.

Und auf dem nächsten Bild stand ein anderer Mann neben ihm. Vielleicht sangen sie ein Duett. Auf dem dritten Bild lagen sie sich in den Armen. Eine Zeitreise in das Paris des Existenzialismus.

Von Tarot jedenfalls keine Spur.

Die persönlichen Angaben waren spärlich, aber sie konnte die Liste seiner Freunde – 345 an der Zahl – aufrufen. Sie hoffte, Jürgen darunter zu finden, hatte aber keinen Erfolg, als sie seinen Namen eingab. Ein Jürgen Balkow war auf Facebook nicht zu finden. Das wäre ja auch zu einfach gewesen.

Sie überlegte kurz, ob sie überhaupt weitermachen sollte. Es gelang ihr einfach nicht, einen distanzierten Blick auf die Ereignisse zu werfen – die Perspektive, die sie normalerweise beinahe automatisch einnahm und die ihr fast immer half, sich einen Vorgang zu erklären.

Dieses sonst so verlässliche Korrektiv ließ sie heute im Stich. Sie wusste wirklich nicht mehr, ob Connys Fantasie nun auch auf sie übergesprungen und mit ihr durchgegangen, ob die Freundin nicht zu sehr in ihren Opernwelten verhaftet war und nun sogar den Alltag zur Oper machen wollte. Oder war sie tatsächlich einem Komplott auf die Schliche gekommen?

Die Bilder aus dem geheimnisvollen Club des Poètes gingen ihr nicht aus dem Kopf. Dass es so etwas überhaupt noch gab. Die Szenerie wirkte anachronistisch, wie aus einer Cocteau- oder Sartre-Verfilmung. Soundtrack Juliette Greco. Der erotische Sprechgesang klang ihr im Ohr. Existenzialismus pur.

Ob der Club des Poètes wohl eine Homepage hatte? Sie wurde sofort fündig und erfuhr, dass er mittlerweile seit fünfzig Jahren existierte. Jeden Abend gab es ein spezielles Menü, dazwischen Lesungen. Da die Einträge auf Französisch waren, verstand sie nicht alles. Anscheinend konnte man auch selbst vortragen, wenn man wollte. Bei ihrer nächsten Parisreise musste sie diesen Ort unbedingt aufsuchen.

Wann das sein würde, stand in den Sternen. Momentan war überhaupt nicht an irgendeine Reise zu denken, denn sie musste sehen, dass sie in ihrem Münchner Alltag über die Runden kam.

Die Folgen von Helenas Praxisschließung waren noch nicht abzuschätzen. Eine direkte Notsituation würde für sie nicht entstehen, denn Conny half ihr, finanzielle Engpässe zu überbrücken. Doch das konnte schließlich kein Dauerzustand sein. Gleichzeitig registrierte sie den Reiz, den die neue, unsichere Situation auf sie ausübte: Raum für Neues. Erst heute Abend hatte sie gespürt, was das konkret bedeutete. Warum sollte sie Jonathan Klügers Angebot nicht annehmen, sich einen Arbeitsplatz in einem der Nebenräume seiner Buchhandlung einzurichten? Vielleicht würde sich diese Umgebung konstruktiv auf ihre Therapiegespräche auswirken. Nicht in der klar definierten Umgebung einer ärztlichen Praxis, sondern sozusagen mitten im großstädtischen Leben.

„Buch & Café" stand über dem Eingang des Ladens. Eine Gesprächsunterstützung, wie man sie sich nur wünschen konnte. In Gedanken richtete sie schon das Zimmer ein. Was empfahl sie ihren Patienten doch so oft: Manche Dinge kann man nicht im Vorfeld entscheiden, man muss sie einfach ausprobieren. Das Projekt „Therapie bei Buch & Café" gehörte zweifellos dazu.

Ob sie etwas über den Sänger, der vom Dach der Pariser Oper gestürzt war, im Internet finden würde? Sie wusste seinen Namen nicht. Also gab sie bei Google die Stichwörter „Paris Sänger Tod" ein. Sie erhielt zwar Eintragungen über berühmte spektakuläre Tode in Paris, aber nur über historische wie jene von Edith Piaf und Jim Morrison. So würde sie nicht weiterkommen.

Französische Musik- oder gar Opernjournale, in denen man recherchieren konnte, waren ihr nicht bekannt, aber was war mit der Oper selbst? Sie rief die Website der Opéra National de Paris auf.

Volltreffer! Gleich als Entree über eine Art Todesanzeige, die den tragischen Verlust des Sängers Tom

Heisler beklagte. Er hatte in dieser Spielzeit den Escamillo in Bizets *Carmen* verkörpert. Das Rollenfoto kam ihr bekannt vor und sie wusste sofort, warum: Tom Heisler war der zweite Mann aus dem Club des Poètes! Er war dort zusammen mit Moritz Berner aufgetreten. Sie kannten sich also, und zwar ziemlich gut, wie eines der Bilder aus Berners Facebook-Fotoalbum bewies. Sie bekam eine Gänsehaut.

Chiara entschied sich, dieses Gefühl nicht zu lange auszukosten, sondern weiterzuforschen. Also zurück zu Facebook: Tom Heisler hatte 801 Freunde, darunter – natürlich – auch Moritz Berner. Im Gegensatz zu diesem lieferte er genaue Angaben zu seiner Ausbildung: Er hatte in Hannover das Humboldt-Gymnasium besucht und anschließend an der dortigen Hochschule für Musik und Theater Gesang studiert. Seine Gesangslehrerin war die berühmte Tessa Saloniki gewesen. Genau wie Moritz Berner behielt er sein Alter für sich. Auch über Hobbys, Interessen und so weiter war für Nicht-Freunde nichts zu lesen. Aber eigentlich hatte sie ja schon genug erfahren. Das musste erst einmal verdaut werden.

Wie somnambul griff sie zum Telefon und wählte Connys Nummer. Die Freundin meldete sich mit gehetzt klingender Stimme: „Du, es passt grad nicht. Ich ruf dich morgen zurück."

„Ich würde dich gern noch heute sprechen, Conny."

„Muss das sein. Ich ..."

Im Hintergrund war eine Männerstimme zu hören,

die etwas wie „Mach nur, ich geh so lange raus" und „Rauchen" sagte. Connys geheimnisvoller Bekannter, von dem sie nie sprach.

Wenn Conny jetzt so gar nicht in der Stimmung war, mit ihr zu reden, dann eben nicht. „Nein, es muss nicht sein, Conny, bis morgen also", beendete sie Gespräch.

Sie war ein wenig enttäuscht, dass sie ihre sensationellen Erkenntnisse nicht gleich loswerden konnte. Doch für ein Telefonat zwischen Tür und Angel waren sie ohnehin zu grandios. Dann lieber erst morgen und am besten von Angesicht zu Angesicht.

10

Irrungen, Wirrungen

Am nächsten Morgen wachte Chiara kurz nach 5 Uhr mit Herzklopfen auf. Sie hatte wieder diesen Albtraum gehabt, der sie in ihrer Jugend gequält hatte, dann plötzlich verschwand und sich vor etwa einem Jahr wieder einstellte. Es war immer die gleiche Geschichte: Sie war unterwegs, schon eine Weile weg von zu Haus und erinnerte sich plötzlich daran, dass sie ihre Tiere – eigenartigerweise waren es meistens große Vögel, Enten, jedenfalls Tiere mit Gefieder und Schnabel – vergessen hatte. Diese waren in einem Schuppen untergebracht, ohne Wasser und Nahrung. Und weil niemand von ihrer Existenz wusste, würde sich auch niemand um sie kümmern. Der furchtbarste Moment des Traumes war der, in dem ihr weit weg von zu Hause die Tiere einfielen und sie überlegte, wie lange sie schon eingesperrt waren, und sich damit eine Horrorszene vor ihr auftat. Allerdings blieb es bei der schrecklichen

Vorstellung der halb oder ganz verhungerten Tiere. Der Traum endete jedes Mal mit ihrer Rückkehr, der Anspannung, bevor sie die Tür des Schuppens öffnete. So auch diesmal: Da war die beinahe flehende Überlegung, dass sie doch gar nicht so lange weg gewesen war und die Tiere vielleicht etwas abgemagert oder ausgedörrt, aber doch nicht eingegangen sein mussten. Doch bevor sie sich selbst entlasten konnte, wachte sie auf.

Wie immer nach diesem Traum war das Erwachen ein unangenehmes. Weder hatte sie der Schlaf erfrischt noch freute sie sich auf den neuen Tag. Deutlich spürte sie ein heftiges Augenblicksunbehagen, wie sie es in Anlehnung an die Augenblicksbegeisterung ihres Patienten bezeichnete.

Doch allmählich gewann doch ihre Neugier auf den Tag die Oberhand. Für den Morgenespresso war es noch zu früh. In der Thermoskanne war noch Ingwertee von gestern Abend – also würde sie damit den Tag beginnen.

Sie nahm die Tarotkarten und das Buch mit den Deutungen zur Hand. „Die Qualität des Augenblicks" brachte sie zum Lächeln und ließ sie wieder an Jürgen Balkows Augenblicksbegeisterung denken. Sie entschied sich für das einfachste Legesystem: vier Karten, mit deren Hilfe man seinen aktuellen emotionalen Zustand klären konnte. Mischen, zwei Stapel. Der linke Stapel verkörperte die passive, empfängliche, der rechte die aktive, extrovertierte Seite der Persönlichkeit. Die oberste Karte des linken Stapels auf *der* waagrechten Achse links hinlegen, die unterste rechts. Dann die oberste Karte des rechten Stapels auf der senkrechten Achse ganz oben hinlegen, die unterste ganz unten. Bisher alles verdeckt. Nun aufdecken und deuten.

Die Karte auf Position zwölf der imaginären Uhr stand für das eigentliche Thema: Ihres war *Der Teufel*. Ihm waren Eigensinn, Selbstbewusstsein, Humor, der Mut zum eigenen Weg, „auch wenn dich andere verteufeln", zugeordnet. Das gefiel ihr.

Nun zur Position neun des Zifferblatts. Sie zeigte, welche Strömungen man anzog, wofür man empfänglich war. Es waren die *Sechs Scheiben – Erfolg*. Oh ja, den würde sie gern auf sich ziehen.

Die Karte war ihr vorher gar nicht besonders aufgefallen, jetzt empfand sie die Darstellung als besonders subtil: Sechs Planeten umkreisten einen inneren Kern. Ihre Bewegung wirkte harmonisch-geordnet und dennoch strahlte die Kombination mit einem Stern im Hintergrund Energie und Glamour aus.

Gut, mit Eigensinn und Humor würde sie also Erfolg anziehen. Aber was gab sie nach außen ab?

Das symbolisierte die Karte ganz rechts auf Position drei: Wieder eine der Großen Arkana: *Die Kunst*. Sie stand für die Aufhebung von Gegensätzen, Transformation, kreative Kraft und einen Quantensprung.

Die Erklärung wies darauf hin, dass durch die Vereinigung des Gegensatzpaars Leben und Tod bereits alles zur Wiedergeburt und zu einem neuen Erkenntnis- und Bewusstseinsstand vorhanden sei. Nun müsse nur noch der „verborgene Diamant" gefunden werden. Das war spannend.

Bevor sie ganz der Faszination der Karten zu erliegen drohte, nahm sie plötzlich die Beobachterinnenperspektive ein, die ihr schon so oft als Korrektiv gedient hatte. Sie sah sich von außen und musste über sich lachen: morgens kurz nach fünf, unsanft in den Tag geschleudert von einem Albtraum, Ingwertee trinkend und Tarotkarten legend. Wenn ihr diese Szene vor zwei Wochen geschildert worden wäre, hätte sie wahrscheinlich nicht einmal protestiert, sondern nur den Kopf geschüttelt, so weit entfernt war sie von allem, was ihre Welt und ihr Leben ausmachte.

Eine Karte lag noch verdeckt: die untere auf Position sechs des Zifferblatts. Sie bedeutete die Antwort, den Schlüssel. Als sie das Blatt umdrehte, glaubte sie ihren Augen nicht zu trauen: Die *Königin der Kelche*. Chiara bekam zum zweiten Mal innerhalb kürzester Zeit eine Gänsehaut. Der neue Tag begann also so, wie der alte aufgehört hatte.

Sie widerstand der Verlockung einer Facebook-Session, obwohl sie die Hoffnung noch nicht aufgeben hatte, dort irgendwo auf ihren Patienten zu treffen. Doch alles zu seiner Zeit. Jetzt musste sie einen klaren Kopf behalten oder besser: wieder herstellen. Sie beschloss, ins Fitnesscenter zu gehen. Es öffnete schon um 6 Uhr, und da war die Atmosphäre noch erträglich: nur wenige Sportler, und nur solche, die sich auf sich und ihre Übungen konzentrierten, keine langen Wartezeiten an den Geräten. Um 7 Uhr begann dann ein Pilateskurs, an dem sie auch teilnehmen würde.

Doch das war heute gar nicht so einfach. Sie war so

abgelenkt von dem, was sie beschäftigte, dass sie schon nach zehn Minuten begann, die Anweisungen der Kursleiterin zu ignorieren. Natürlich fiel es auf, dass sie nicht mitmachte – ihr selbst wahrscheinlich später als den anderen. Sie stand auf, nickte der Leiterin zu und machte sich auf den Heimweg

Zu Hause angekommen wählte sie Helenas Nummer noch bevor sie ihren Anrufbeantworter abhörte, der zu ihrer Überraschung schon am frühen Morgen vier neue Nachrichten anzeigte. Weil sich bei Helena auch nur der Anrufbeantworter meldete, legte sie wieder auf. Vielleicht gab es ja schon eine Nachricht von ihr: Doch sie wurde enttäuscht. Die erste Nachricht war von Marlene, die ein Treffen vorschlug.

Dann war Conny mit einer überschwänglichen Entschuldigung für gestern Abend und der noch übertriebeneren Beteuerung ihrer Neugier auf das, was Chiara ihr erzählen wollte, zu hören.

Nummer drei war wieder Marlene, die fragte, ob sie sich nicht im Café Dernière verabreden sollten: „Ich hab heute ab vier oder halb fünf den ganzen Abend Zeit. Es wird auch nicht anstrengend für dich. Ich hab überhaupt keine Probleme." Dann lachte sie über sich selbst: „Ach Chiara, du weißt schon, was ich meine. Ich will keinen Termin als Patientin, ich will einfach ein lockeres Treffen, ich will dich sehen. Als Freundin, weißt du."

Jetzt lachte auch Chiara und rief laut in den Raum: „Ich möchte dich auch gern sehen." Genau das würde sie Marlene sagen.

Der vierte Anruf war von der Klinik. Die Sekretärin Frau Kölner fragte, ob sie einen Zusatztermin vereinbaren könnten, der Patient Jürgen Balkow wolle sie unbedingt sprechen.

Das war allerdings ungewöhnlich und während ihrer Zusammenarbeit noch nie passiert. In der Klinik galten strenge Regeln, vor allem, was Termine betraf. Da wich man ungern von den Plänen ab. Regelmäßigkeit und Disziplin charakterisierten Form und Inhalt der Therapie, Ausnahmen gab es so gut wie gar nicht. Aber anscheinend war irgendetwas geschehen, was so etwas notwendig machte.

Ihr war es mehr als recht, sie hatte nichts gegen mehr Flexibilität einzuwenden und rief als Erstes die Klinik an.

Die Sekretärin antwortete mit einem Stöhnen: „Ach, Frau Munter, es ist furchtbar, er weiß überhaupt nicht, was er will. Zuerst wollte er sie unbedingt sprechen, hat es dem Chef gesagt, den er zufällig auf dem Flur getroffen hat. Ich weiß nicht, was er ihm alles erzählt hat, jedenfalls fand der es so wichtig, dass er mich bekniet hat, bei Ihnen anzurufen. Nachdem wir Sie nicht erreicht haben und ich eine Nachricht auf Ihrem Anrufbeantworter hinterlassen hatte, meinte Herr Balkow plötzlich, es sei besser, sie würden sich eine Weile überhaupt nicht sehen. Ja, er war geradezu erleichtert, dass sie nicht da waren. Ich weiß jetzt gar nicht mehr, was ich machen soll. Ich hoffe, ich hab nichts Falsches gemacht. Jedenfalls danke für den Rückruf."

So viel hatte Chiara die Sekretärin noch nie reden

hören, Jürgen Balkow musste sie mächtig verwirrt haben, was eigenartig war, denn sie war doch zweifellos einiges gewöhnt in ihrem Job. Chiara fühlte sich sofort verpflichtet, sie zu beruhigen: „Warten wirs doch einfach ab, Frau Kölner, wir müssen heute gar nichts entscheiden. Wir bleiben bei unserem regulären Termin – ich weiß im Moment nicht genau, wann der ist, aber Sie haben ja alles im Computer. Also, keep cool."

„Sie sind ein Schatz – ciao."

Chiara war von diesem unerwarteten Kompliment überrascht. Sie hatte bisher gar nicht darüber nachgedacht, wie die Sekretärin zu ihr stand, und auch nur wenig mit ihr zu tun gehabt. Wenn sie das nächste Mal in der Klinik wäre, würde sie extra bei ihr vorbeischauen.

Als Nächstes rief sie Marlene an und verabredete sich mit ihr für 18 Uhr im Dernière. Conny war nicht zu Hause. Chiara erzählte dem Anrufbeantworter der Freundin von ihrer Verabredung mit Marlene und schlug vor, sich entweder davor oder am etwas späteren Abend zu treffen. Dann machte sie sich auf den Weg in Helenas Praxis. Sie hatte heute drei Patientinnen, die sie schon lange kannte und mit denen sie gern arbeitete. Hoffentlich war Helena da, damit sie endlich erfuhr, was diese ihr bei ihrem abgebrochenen Telefonat sagen wollte. Eigenartig, dass sie sich noch nicht wieder gemeldet hatte.

11

BRIEFGEHEIMNISSE

Er war wieder einmal zu spontan gewesen. Warum sie so etwas bei ihm auslöste, war ihm ein Rätsel. Nicht nur wenn sie anwesend war, ihm gegenübersaß oder wenn sie den Raum betrat, sondern sogar, wenn er nur an sie dachte, verlor er mehr und mehr die Kontrolle über seine Handlungen. Er verließ die geplanten Wege, und das war gefährlich. Bisher war doch alles gut gegangen. Seine Flucht hatte er so inszeniert, dass sie so weit wie möglich unbeachtet blieb – jedenfalls unbeachtet von der Öffentlichkeit. Die letzte Vorstellung war der geeignete Moment gewesen, um abzutauchen. Im wahrsten Sinne des Wortes.

Im Hotel in Berlin wollte man nicht viel über ihn wissen und neben den üblichen Personalien nur den Tauchschein sehen. Nachdem die Anfangsformalitäten erledigt waren, fragte niemand mehr nach. Er hatte sich glücklich gefühlt, wenn er zwischen den Fischen im

AquaDom herumschwamm und das Glas des riesigen Aquariums reinigte. Frei und sicher in einer ganz eigenen Welt, aus der die Gefahr, die von der Bühne ausging, verbannt war. Hier hätte er bleiben können, immer oder zumindest für lange Zeit. Wenn da nicht der Kontakt zu den beiden Kollegen gewesen wäre. Und seine verdammte Neugier.

Warum hatte er bloß auf ihre Anfragen reagiert und die Freundschaft bestätigt? Freundschaft! Wie inflationär dieses Wort gebraucht wurde. Sie hatten einfach eine Zeit lang zusammen studiert. Kommilitonen? – Ja. Freunde? – Nein. Nicht einmal zu der Zeit, als sie sich „die drei Yeti-Ritter" nannten. Yeti! Sehr originell.

Als er sein Studium begann, war er froh gewesen, die beiden an der Uni zu treffen. Einfach beruhigt, dass es auch Typen wie sie gab. Sie waren gut, sogar sehr gut, aber nicht sensationell gut. Und vor allem nicht so ehrgeizig wie viele andere. Der Mangel an Ehrgeiz und ein gewisser Humor waren es, die sie verbanden.

So hatte er es sich selbst erklärt. Doch das war beschönigend und verharmlosend. Heute war er kritischer mit sich und den anderen. Eigentlich waren sie arrogant gewesen. Sie schauten auf die Ehrgeizlinge herab, machten sich über sie lustig. Natürlich war das eine Art Selbstschutz. So beugte man vor für den Fall, dass man es selbst nicht weit bringen würde. Aber sie kamen weiter. Alle drei. Er selbst allerdings am wenigsten: Opernchor und zweite Besetzung. Doch ihm reichte das völlig. Er wollte einfach singen und sich dafür so wenig wie möglich ändern.

An der Hochschule war der hohe Preis, den man für eine große Karriere zahlen musste, oft Thema gewesen. Einige hatten sich mit den Biografien berühmter Sänger beschäftigt. Verklärung, Geniekult, Konkurrenz: All das war nie seine Sache gewesen. Er wollte keinen hohen Preis zahlen, um das zu tun, was er liebte: Singen. Weder einen hohen noch einen niedrigen Preis. Überhaupt nichts.

Er hatte eine Gesangslehrerin gewählt, die nicht besonders fest in der akademischen Welt und ihrer Hierarchie verankert zu sein schien. Sie unterschied sich stark von ihren Kollegen und hatte daher an der Musikhochschule anfangs den Status einer geduldeten Außenseiterin innegehabt. Zunächst war sie belächelt worden, doch nachdem einige ihrer Schüler Karriere gemacht hatten, wurde sie immer mehr bewundert. Man ließ sie nicht nur mit ihren unkonventionellen Methoden gewähren, sondern versuchte immer wieder, das Geheimnis ihres Erfolges zu lüften. Vergeblich, sie blieb ein Solitär, funkelnd, irritierend und undurchschaubar.

Er strengte sich an, sie in der Erinnerung lebendig werden zu lassen, doch es fiel ihm erstaunlicherweise schwer. Ob sie überhaupt noch lebte? Vor einiger Zeit hatte er gelesen, sie habe sich zurückgezogen und unterrichte nicht mehr.

Er konnte sich ihr Gesicht nicht vorstellen, so sehr er sich auch bemühte und Hilfsmittel anwendete. So begann er, sich Situationen zu vergegenwärtigen, in denen sie die Protagonistin gewesen war. Vergeblich –

alles andere, der Raum, die Zeit, der Anlass waren präsent, nur sie fehlte oder war nur angedeutet, grob skizziert.

Was charakterisierte sie?

Sie als Esoterikerin zu bezeichnen, hieße, ihr nicht gerecht zu werden, obwohl sie mit dieser Welt vertraut war. Sie lehrte ihre Studenten, in sich hineinzuhorchen, die eigenen Energien aufzuspüren, diese konsequent für die eigenen Ziele einzusetzen und dem Schicksal zu vertrauen.

Das schien ihm damals menschlich. Erst viel später hatte er erkannt, wie autoritär, elitär und rigide ihr System war. Damals wäre ihm eine Kritik, wie er sie heute formulierte, niemals eingefallen, so perfekt war die Tarnung der Lehrerin. Indem sie sich dem, was sie Schicksal nannte, unterordnete und sich lediglich als dessen Sprachrohr verstand, wies sie jede Verantwortung von sich.

Ihre Leichtigkeit, ihr spielerischer Umgang mit dem Unterricht und mit der Kunst war eigentlich eine Verweigerungshaltung: Sie verweigerte ihren Schülern gegenüber jegliche Verantwortung und verkaufte das als Freiheit.

Er war darauf hereingefallen – wie viele andere auch. Für die meisten seiner Kommilitonen und Kommilitoninnen war das weitgehend folgenlos geblieben. Eine aber hatte es schwer getroffen. Sie hatte zu den Menschen gehört, die alles schwernahmen. Er nicht, er hatte sich von der Leichtigkeit, die die Lehrerin postulierte, anstecken lassen und wenn es ihm zu esoterisch wurde, mit Ironie und Albernheit reagiert. Die damalige Aktion war daher auch nicht mehr als ein Joke gewesen, ein Schülerstreich. Warum musste er sich also so folgenschwer entwickeln?

Durchschaut hatte er das Ganze erst später. Da fand er es auf einmal gar nicht mehr komisch. Er wollte alles wieder gutmachen, das scheinbare Mysterium aufdecken, sein Verhalten rechtfertigen. Es war wie ein Zwang, der ihn beherrschte. Zunächst war er ratlos, wie das zu realisieren war, dann entschied er sich für kompromisslose Ehrlichkeit und teilte das den beiden anderen mit. Da gab es „die drei Yeti-Ritter" längst nicht mehr. Doch sie entschlossen sich noch einmal zu einer gemeinsamen Handlung. Und schrieben diesen Brief. Den folgenschweren Brief. Damals fühlten sie sich durch ihr Geständnis erleichtert. Er erinnerte sich jetzt deutlich daran, wie sie sich in Hannover getroffen und den Schlussstrich, den sie mit ihrem Brief gezogen hatten, zusammen im Capriccio gefeiert hatten. Sie ahnten nicht, dass das vermeintliche Ende der Angelegenheit ein Anfang war und ihr Leben vollkommen umkrempeln sollte – mit Zeitverzögerung. Das machte es so heimtückisch und ihn so hilflos.

Neuerdings vermisste er Facebook. Im Gegensatz zu den meisten seiner Bekannten kommunizierte er nur sporadisch darin, dennoch fehlten ihm nun die bestenfalls lakonischen, oft belebenden, manchmal banalen Sätze und Anstöße, die er darin fand. Die Startseite aufzurufen und sich vor den bunten Bildchen wegzuträumen würde ihm gerade hier und jetzt gefallen, aber in der Klinik gab es für Patienten keine Möglichkeit dazu. Schade, er hätte gern von seinem Ausflug zum Eisbach berichtet. Darüber hatte er noch lange nachgedacht. Chiara mit den Türkisaugen hatte einige Dinge gesagt, die ihm nicht aus dem Kopf gingen. Genau solche Dinge waren es, die er ab und zu auf Facebook schrieb. Dann wartete er auf Reaktionen.

Um sich frei und sicher zu fühlen, hatte er ein Pseudonym gewählt. Dass er sich nicht unter seinem richtigen Namen eintragen würde, war ihm von Anfang an klar gewesen. Lange hatte er nicht gewusst, wie er sich nennen sollte, doch als er bei seinem Vater mehrere Videokassetten mit der Aufschrift *Abenteuer unter Wasser* fand, war alles klar: „Mike Nelson" hieß der Taucher, der Anfang der Sechzigerjahre als Held der beliebten amerikanischen Fernsehserie *Sea Hunt – Abenteuer unter Wasser* auch in Deutschland viele Fans hatte – offensichtlich war auch sein Vater darunter. Er musste die Folgen irgendwann, als sie wiederholt wurden, mitgeschnitten haben. Sie waren in typischer Sechzigerjahre-Manier gedreht und nur deshalb nicht langweilig, weil der Protagonist großartig war. Kein Wunder, der Darsteller, der Mike Nelson verkörperte, war Lloyd Bridges, der Vater des von ihm so verehrten Jeff Bridges. Er hatte anfangs sogar kurz überlegt, sich nach dessen Paraderolle „Dude" zu nennen, den Gedanken jedoch wieder verworfen, denn *The Big*

Lebowski war Kultfilm und Kultfigur einer ganzen Generation. Sich stattdessen nach Jeff Bridges' Vater zu nennen, war ein raffinierter Schachzug und eine doppelte Hommage. So etwas liebte er. Also war er auf Facebook der Taucher Mike Nelson.

12

KAFFEEHAUSGESCHICHTEN

Als Chiara um kurz vor 18 Uhr das Dernière betrat, saß
Marlene schon unter dem Tiger.

War es ihre Kleidung – sie trug ein Oberteil mit
Pailletten – oder ihre Frisur – sie hatte ihr langes Haar
zu einem Pferdeschwanz zusammengebunden – oder
war es der Tiger auf der an der Wand hängenden Ka-
russellplanke, die bei Chiara die Assoziation „Zirkus"
aufkommen ließen?

Jedenfalls wirkte Marlene wie eine Artistin, eine
Seiltänzerin, als sie da allein am Tisch saß und sehr
ernst und konzentriert vor sich hin blickte: Der Draht-
seilakt in der Manege stand noch bevor.

Sowie sie Chiara sah, tauchte Marlene aus ihrer
Versunkenheit auf, die meditative Stimmung war von
einer Sekunde zur anderen verschwunden. „Hallo Chiara", rief sie ziemlich laut, „ich bin schon etwas länger
hier. Ich freu mich so, dich zu sehen. Schau, ich hab

deinen Tisch errungen – er wurde gerade frei und da hab ich ihn sofort belegt."

Während Marlene sprach, wurde sie um Jahre älter, größer, kräftiger, erotischer – eine faszinierende Frau. Vielleicht eher Dompteuse als Seiltänzerin? Chiara staunte darüber, welche Vielfalt an Szenerien, welches nahezu komplette Drehbuch sich in ihr entwickelte – innerhalb kürzester Zeit und auf dem kurzen Weg vom Eingang des Cafés zum Tisch. Ihre Fantasie arbeitete auf Hochtouren.

Sie umarmten sich und hielten sich eine Weile länger fest als üblich. Marlene beteuerte noch einmal, wie dankbar sie ihr sei. Durch sie und ihre Ratschläge sei sie zu einer Handelnden geworden. Chiara entgegnete, dass sie gar nicht wisse, worum es eigentlich konkret ginge, daher seien Ratschläge heikel.

„Das sind sie immer", konterte Marlene, „Ratschläge sind auch Schläge."

„Warum fragst du mich dann?"

„Weil ich das manchmal brauche."

„Ratschläge oder Schläge?"

„Beides."

„Teilst du nicht auch gern aus, Marlene?"

War sie zu weit gegangen? Lächelnd fügte sie hinzu: „Du müsstest dich mal sehen, hier unter dem Tiger. Er scheint eingeschüchtert wie nie."

Marlene lachte etwas gequält, sagte aber nichts.

Chiara wusste nicht recht, was sie dazu bewog, ihre Provokation fortzusetzen. Vielleicht wollte sie Marlene endlich aus der Reserve locken? Am Telefon verbot sie sich so etwas, weil sie die aktuelle Situation nicht wirklich einschätzen konnte, aber jetzt ... Marlene wirkte ausgeglichen, also weitermachen. „Ich könnte mir dich auch als Domina vorstellen."

„Was?"

Sie wurden durch lautes Getöse unterbrochen. Ein Gast hatte das Prinzip des Bücherturms, der mitten im Café stand, anscheinend nicht begriffen und ein Buch aus der unteren Hälfte hervorgezogen. Dabei waren einige Bücher auf den Boden gepoltert. Der Täter war Jonathan Klüger, der sich wortreich entschuldigte.

„Eine Buchhändlerkrankheit ist das, überall nach Büchern zu schauen. Da will ich mal eine Stunde raus aus dem Laden, weil ich eine Jause brauch und sie hier so gut kochen. Und was tu ich als Erstes? Unverbesserlich. – Und? Haben Sie es sich überlegt?"

Mit diesen Worten und einem „Servus" in Richtung Marlene wandte er sich an Chiara, die mit der Antwort zögerte und stattdessen sagte: „Darf ich vorstellen: Jonathan Klüger, unser neuer Buchhändler im Viertel. Marlene Freitag aus Hannover."

Jonathan Klüger reichte beiden nacheinander die Hand und fragte Chiara neugierig: „Eine Freundin von Ihnen?"

Marlene nickte zustimmend, als Chiara ohne zu zögern antwortete: „Ja, eine Freundin."

„Sind Sie auf Besuch?" Jonathan Klüger schien interessiert.

Marlene zögert etwas: „Ja, das kann man so sagen. Ich hatte hier zu tun."

„Sie kommen aus Hannover?", fragte er weiter.

„Ja."

„Dann kennen Sie sich auch in der Umgebung aus."

„Eigentlich schon."

„Ich war erst einmal in Hannover, als ich mir den Südtiroler Pavillon auf der Expo angesehen habe, aber ich muss unbedingt mal länger in diese Gegend fahren."

„Was haben Sie denn so Dringendes vor im schönen Niedersachsen?" Auch wenn sie eine gewisse Ironie mitschwingen ließ, konnte Marlene ihre Neugier nicht verbergen.

„Ach, ich bin der größte Arno-Schmidt-Fan, den es weit und breit gibt!"

„Und da wollen Sie nach Bargfeld, klar", unterbrach ihn Marlene. „Da bin ich früher sogar oft gewesen. Ein Kommilitone, mit dem ich eine Zeit lang befreundet war, stammte aus einem Nachbarort. Ich hab sogar schon in dem Tümpel gebadet. Ganz moorig und undurchsichtig – huh."

„Ja, Bargfeld möchte ich unbedingt besuchen, aber fast noch wichtiger ist mir der Dümmersee. Der ist doch auch nicht weit von Hannover, oder?"

„Nein, nicht sehr weit. Da war ich als Kind mit meinen Eltern und meiner Schwester. Verwandte von uns lebten in Osnabrück, mit denen haben wir uns im Sommer manchmal am See getroffen. Ich glaube, da haben wir richtig schwimmen gelernt, Liliane und ich."

Marlenes Stimme war plötzlich so weich und zärtlich, wie Chiara sie noch nie erlebt hatte. Überhaupt schien eine Wandlung mit ihr geschehen zu sein, ihr Gesicht war plötzlich offen und fröhlich wie das eines Kindes. Doch was Chiara am meisten erstaunte, war die Erwähnung der Schwester. Marlene hatte in den vielen Gesprächen, die sie miteinander geführt hatten, niemals eine Schwester erwähnt.

Was der Buchhändler alles herausbekam! Sie staunte. Das lag sicher daran, dass er es gar nicht wirklich herausbekommen wollte. Sein Interesse galt nicht in erster Linie Marlene, sondern Arno Schmidt, daraus machte er keinen Hehl. Und Marlene schien deswegen gar nicht beleidigt zu sein, im Gegenteil, es schien ihr zu gefallen, und sie erzählte weiter: „Am Dümmersee gab es eine Spezialität: Aalsuppe. Unsere Eltern waren ganz verrückt danach, aber wir fanden sie schrecklich. Genau wie Spargel. Wir haben uns immer über den schlechten Geschmack der Erwachsenen lustig gemacht, meine Schwester und ich.“

„Aber Sie mochten Süßes, nicht wahr?“ Jonathan Klüger war anzusehen, dass er etwas vorhatte.

„Oh ja, rote Grütze und Bienenstich. Aber für einen Österreicher sind die norddeutschen Speisen vermutlich zu derb oder zu ...“

Sie zögerte einen Moment, bis ihr das passende Wort einfiel: „Zu unraffiniert!“

„Na ja, da haben S’ schon a bisserl recht“, gab er zu, „mit Malakofftorte kann kaum etwas konkurrieren. Aber die gibt es auch in Österreich nur selten, im Central in Wien zum Beispiel nur donnerstags. Sie muss frisch gemacht und gleich gegessen werden.“ Mit den

Worten „Das ist meine Leibspeise!" geriet er sichtlich ins Träumen.

„Aber warum gerade der Dümmersee?" Marlene lenkte das Gespräch wieder auf seinen Ursprung und Jonathan Klüger war offensichtlich glücklich über dieses Stichwort, denn es bot ihm die Möglichkeit, sein Lieblingszitat zu deklamieren: „So mild war die Luft, dass man hätte Cremeschnitten damit füllen können." Dann macht er eine kurze Pause und richtete einen verzückten Blick in die Runde, um die Wirkung des Satzes auszukosten. „Das steht in der schönsten Liebesgeschichte der deutschen Literatur, *Seelandschaft mit Pocahontas*, und die spielt am Dümmersee."

„Pocahontas ist doch ein Indianermädchen, oder?", fragte Marlene.

„Und ein Song von Neil Young", ergänzte der Wirt Wolfgang, der an manchen Tagen selbst bediente und gern mit seinen Gästen – die meisten waren ja Stammgäste – plauderte. Heute bewies er Entertainerqualitäten. „Pocahontas, Marlon Brando and me", legte er los und imitierte dabei die hohe Stimme Neil Youngs.

„Passt", bestätigte Jonathan Klüger anerkennend, „aber ob Arno Schmidt Neil Youngs Lied gekannt hat, weiß ich nicht. Man müsste einmal recherchieren, wann der Song überhaupt entstanden ist. Ob das nicht sogar erst nach Arno Schmidts Tod war. Ich weiß es nicht."

Die *Habanera* ertönte und Marlene blickte Chiara überrascht an: „So einen Klingelton hätte ich gar nicht mit dir in Verbindung gebracht. Wenn ich dich anrufe, ist also *Carmen* das Signal. Ich wusste gar nicht, dass du diese Musik magst!"

Bevor Chiara antworten konnte, sagte Jonathan: „Ich habs auch nicht so mit der Oper, aber im Sommer hab ich mir in Bregenz auf der Seebühne die *Tosca* angeschaut. Das große Auge hat mich sehr beeindruckt. Es war ein gigantisches Erlebnis, dort die Atmosphäre zu schmecken, ein lauer Sommerabend am Bodensee."

„So mild war die Luft", zitierte ihn Marlene. „Gab es denn auch Cremeschnitten?"

Conny hörte die ganze Zeit am anderen Ende der Leitung mit und wollte von Chiara wissen, wer alles um sie herum sprach. Chiara erklärte ihr kurz die Szenerie: Marlene, Jonathan, ab und zu ein Kommentar von Wolfgang.

Conny schnappte die Worte „Tosca" und „Seebühne" auf und nahm das sofort zum Anlass, einen Opernabend bei sich zu Hause vorzuschlagen. Sie hatte endlich die bestellte DVD der Bregenzer Inszenierung erhalten und könne nun kaum erwarten, sie anzusehen. „Kommt alle zu mir", rief sie, „kommt am besten gleich. Dann sitze ich nicht allein vorm Fernseher, sondern als Teil eines kleinen, exquisiten Publikums." Sie sprach vor Begeisterung so laut, dass alle mithören konnten. Sie schauten sich gegenseitig an und nickten.

„Was meinst du?", sagte Chiara zu Marlene, und diese antwortete schnell: „Ja, gern, das ist eine gute Idee. Ich hab dir ja gesagt, ich hab nichts Bestimmtes zu besprechen, ich möchte heute einfach mit dir zusammen sein. Und so ein gemeinsamer Opernabend bei deiner Freundin wäre nett." Sie wandte sich an Jonathan: „Kommen Sie auch mit?"

„Sehr gern, ich muss nur noch auf einen Sprung in die Buchhandlung, ein Verlagsvertreter hat sich angekündigt. Wenn wir fertig sind, komme ich nach."

Conny quietschte vor Vergnügen. „Dann bestell ich Sushi für uns – ja? Der Schampus ist sowieso immer kaltgestellt. Für alle Fälle."

„Wenns nach mir geht, lieber Pizza", antwortete Jonathan. „Ich mag keinen kalten rohen Fisch, und schließlich", und jetzt lächelte er spitzbübisch, „wird ja nicht die *Madame Butterfly* gegeben."

Conny lachte so gellend, dass Chiara den Hörer noch weiter von ihrem Ohr weg hielt, als sie es bei den Gesprächen mit der lauten Freundin ohnehin schon tat. „Ich sehe, er passt zu uns", rief sie anerkennend.

„Chapeau, für einen Neuling in der Opernwelt war das super gekontert", freute sich Marlene, und Chiara registrierte, dass Marlene augenscheinlich Gefallen an Jonathan fand.

Als Conny sich beruhigt hatte, bewies sie ihre Flexibilität: „Dann also Pizza – ganz stilecht. Ciao carissimi, bellissimi."

13

STREIT UM TOSCA

Conny öffnete die Tür und stürzte sich sofort auf Chiara: „Erzähl! Was ist passiert?"

„Geht jetzt nicht", Chiara deutete auf Marlene, die hinter ihr langsam die Treppe heraufkam. „Später."

„Womit hat es denn zu tun? Nur ein kleines Stichwort: mit Helena, deinem Patienten oder unserem Fall?"

„Mit unserem Fall", presste Chiara unverhohlen unwirsch hervor. Sie mochte es überhaupt nicht, wenn man sie ausfragte. „Helena war wieder nicht in der Praxis. Ich weiß nicht, wo sie ist."

„Also, wenn du Geld brauchst, sag es mir", lenkte Conny ein, der Chiaras Verstimmung natürlich nicht verborgen geblieben war. Sie wusste ja, wo die wunden Punkte ihrer Freundin lagen und in welchen Fällen Vorsicht geboten war. Daher drängelte sie nicht weiter.

Chiara ließ sich heute leicht besänftigen: „Noch

nicht, aber bald. Das ist sehr lieb von dir. Ich weiß immer noch nicht mehr, weil mein letztes Telefongespräch mit Helena unterbrochen wurde, bevor sie zum Grund ihres Anrufs kam. Also ist weiterhin Geduld angesagt." Dann wechselte sie abrupt das Thema: „Was hast du eigentlich gestern Abend gemacht? Was oder wer hat dich so beansprucht, dass du nicht telefonieren konntest? Das kenne ich ja gar nicht von dir."

„Später." Jetzt wurde Conny einsilbig und gab Chiara ein Zeichen, das sie an Marlene erinnern sollte, die hinter ihr wartete.

„Oh je, Marlene, entschuldige!" Chiara trat zur Seite, so dass sich nun Marlene und Conny gegenüberstanden. Dann stellte sie die beiden einander vor.

Conny zögerte einen Moment, bevor sie sagte: „Wir kennen uns doch irgendwoher. Im Moment komme ich nicht drauf, aber wir haben uns schon mal gesehen."

Marlene reagierte für einen kurzen Moment irritiert und sagte auffällig schnell mit tiefer, betont sicherer Stimme: „Nein, bestimmt nicht." Dann setzte sie freundlich hinzu. „Aber ich hab schon viel von dir gehört. Wir duzen uns doch, oder?"

„Klar", antwortete Conny, die lieber nicht erwähnte, dass Chiara ihr schon viel von Marlene erzählt hatte.

Was sich dann ereignete, nannte Chiara im Nachhinein „Versuch zweier Opernexpertinnen, einander im Bregenzer-Seebühnen-Bashing zu übertrumpfen". Dabei begann alles ganz harmlos.

Conny legte die DVD ein mit den Worten: „Ich bin ja mal gespannt, wie dieses Open-Air-Spektakel als Film wirkt."

„Ich habe keine großen Erwartungen, eigentlich gar keine." Marlene versuchte erst gar nicht, ihre Vorbehalte gegen die Aufführung zu verbergen: „Das Ganze muss ja überdramatisch und überdeutlich inszeniert werden, damit es sich neben der spektakulären Seekulisse behaupten kann."

Auf Chiaras vorsichtigen, aber doch etwas spitzen Einwurf, Opern seien doch wohl immer irgendwie überdramatisch, erhielt sie von keiner der beiden eine Antwort, aber Conny warf ihr einen Blick zu, der sie unmissverständlich zum Schweigen aufforderte. Okay, sie würde mit der Rolle der stillen Beobachterin leben können. Als Psychologin hatte sie Routine darin. Sollten die beiden Opernkennerinnen ruhig ein professionelles Zwiegespräch führen.

Jede signalisierte mit ihrer Haltung Konzentration. Conny atmete die Arien richtiggehend mit, auf ziemlich demonstrative Weise, wie Chiara fand. Dabei übernahm sie, ohne es zu merken, den Gesichtsausdruck der Tosca-Sängerin, was unfreiwillig komisch wirkte. Das Mitatmen weniger, es beeindruckte Chiara sogar und sie versuchte kurz, es ihr nachzutun, aber sie bekam einen Hustenanfall, der ihr nun missbilligende Blicke von beiden einbrachte.

„Wie im Opernhaus", raunte Marlene kopfschüttelnd.

„Stimmt, allerdings ein bisschen früh", pflichtete

ihr Conny bei. „Meistens fangen die Hustenorgien erst am Ende des zweiten Aktes an."

Dann schlüpfte sie wieder mimisch in die Rolle der Tosca.

Chiara musste lachen. Sie kam sich vor wie ein Kind bei seinem ersten Opernbesuch, der den Eltern zeigen soll, ob es überhaupt schon reif ist für ein derartiges Ereignis.

Obwohl sich Conny und Marlene beinahe krampfhaft dem Opernfilm zuwandten, fühlte sich Chiara beobachtet. Lag das vielleicht an dem riesigen Auge, das die Bühne und nun also auch den Bildschirm beherrschte? Als habe sie ihre Gedanken erraten, rief Marlene plötzlich aus: „Ich kann das Auge nicht ertragen!" Dann wandte sie sich ab: „So ein aufdringliches Bühnenbild." Weil Conny nur mit den Schultern zuckte, fuhr Marlene ärgerlich fort: „Ich mag es nicht, wenn man mit dem Gefühl des Beobachtetwerdens so spielt."

Als Conny immer noch nicht auf Marlenes Nörgelei einging, wagte sich Chiara aus der Reserve: „Ich weiß nicht, warum dich das so stört, Marlene, es geht doch in dieser Oper immer um Augen, gleich von Anfang an. Als Floria Tosca das neueste Gemälde ihres Geliebten Mario Cavaradossi sieht, wird sie wütend. Die Frau auf dem Bild hat blaue Augen, keine schwarzen wie sie. Also muss es eine andere wichtige Frau im Leben des Malers geben. Eine Rivalin! Tosca ist so eifersüchtig, dass sie Mario sogar zwingen will, die Augenfarbe seines Porträts zu ändern. Also, ich finde das große Auge im Hintergrund der Handlung toll. Und die Geschichte mit dem Auge geht ja noch weiter ..."

„Allerdings, aber damit wir sie auch weiter verfolgen können, bitte ich dich, deinen Vortrag auf später zu verschieben", unterbrach Conny, „vergiss nicht, dass wir den Inhalt sehr genau kennen."

Doch so leicht ließ sich Chiara nicht mehr stoppen: „Außerdem spielt sich das Ganze ja in einem Überwachungssystem ab. Der Polizeichef Scarpia ist doch so etwas wie ..."

„Du redest wie ein personifizierter Opernführer." Marlene wurde zusehends aggressiver.

„Ich habe mich eben vorher über die Handlung informiert. Ich kannte sie nicht, ihr wisst doch, dass ich mich mit Opern überhaupt nicht auskenne. Und es wird ja immer empfohlen, vorher die Inhaltsangabe zu lesen, damit man wenigstens so ungefähr versteht, was da gesungen wird."

Conny und Marlene zogen beide die Augenbrauen hoch und schauten sich kopfschüttelnd an – es wirkte wie eine einstudierte Synchronhandlung. Doch es war zu spät, Chiara ließ sich von der doppelten Kompetenz nicht mehr einschüchtern: „Ich wollte vor allem wissen, warum mein Patient letztes Mal so extrem darauf reagiert hat."

„Welcher Patient?", fragte Marlene hastig.

„Ach, das sollte ich eigentlich gar nicht erwähnt haben."

Nun war Chiara unbehaglich zumute und sie war erleichtert, als Conny laut rief: „Wollen wir eigentlich die

Oper anschauen oder diskutieren?" Sie drückte die Pause-Taste. Das Videobild fror ein. Das große blaue Auge blickte mit einem Ausdruck des Erstaunens auf die drei Frauen. Chiara überlegte, woran es sie erinnerte.

Nun war Connys große Stunde gekommen, ausführlich über ihr Lieblingsthema zu reden – noch dazu mit einer Gesprächspartnerin, die ihr anscheinend ebenbürtig war: „Das Besondere an *Tosca* ist ja der Realismus. Die Figur Tosca ist eine Sängerin. Das bedeutet für ihre Darstellerin natürlich eine mehrfache Herausforderung. Im besten Fall bringt sie einen Teil ihrer eigenen alltäglichen Erfahrungen in ihre Interpretation der Rolle ein."

„Na ja, wenn es die Regie zulässt." Marlene war skeptisch.

Doch Conny machte einfach weiter: „Die Callas hat mal gesagt, die Rolle sei ihr zu realistisch, zu nah dran. Sie hat sie ja oft gesungen und erklärt, wie sie sich für sie verändert hat. Ihre ganze Kritik am Sängerberuf und am Musikbetrieb ist da mit eingeflossen."

„Das halte ich für überinterpretiert", warf Marlene ein.

„Warum? Die Callas ging sehr bewusst an ihre Rollen heran. Und sehr kritisch. Genau wie an ihren Beruf. Tosca ist eben nicht die große Idealistin, die nur für die Kunst und für die Liebe gelebt hat, wie sie in ihrer Arie *Vissi d'arte* vorgibt, sondern eine kapriziöse Diva, die mit Gefühlen spielt."

„Nun übertreibst du aber! Mit ihr wird gespielt, du

kannst die Geschichte doch nicht einfach umdrehen. Irgendwann sind wir wieder so weit, dass das Opfer selber Schuld hat an dem, was man ihm antut." Marlene war plötzlich sehr ernst und dabei immer leiser geworden.

Chiara empfand die Situation zunehmend als absurd: Drei Frauen schauten sich eine Opernaufführung auf DVD an und gerieten wegen der Inszenierung, dann wegen der Protagonistin innerhalb kürzester Zeit in einen Streit, der sich immer weiter von seinem Ursprung entfernte. Es ging hier nicht mehr um *Tosca*, sondern um die eigenen Lebensgeschichten! Und das alles vor dem eingefrorenen Fernsehbild, einem großen, himmelblauen Auge. Sie wandte sich an ihre Freundin: „Das klingt interessant, Conny, erzähl weiter!"

Diese ließ sich das nicht zweimal sagen. „Schau dir einfach mal den *Tosca*-Film mit der Callas an", empfahl sie Chiara und an Marlene gewandt: „Du kennst ihn. Es ist zwar nur der zweite Akt der Londoner Covent-Garden-Aufführung, aber mehr wurde damals nicht aufgenommen oder ist nicht erhalten. Also die Szene, in der der Polizeichef Scarpia mit Tosca schlafen will. Er bietet ihr an, dafür ihren Geliebten freizulassen. Ein hochdramatischer Machtkampf beginnt."

„Tosca ist entsetzt, will aber alles tun, um Cavaradossi zu retten", fuhr Marlene an ihrer Stelle fort. „Dann erkennt sie, dass der Preis zu hoch ist, und wählt einen anderen Weg: Sie ersticht Scarpia. Die gerechte Strafe für das, was er ihr antun wollte."

„Ich glaube, das ist zu einfach", widersprach Conny. „So edel und unschuldig ist Tosca nicht. Ich glaube, sie findet es geil, dass Scarpia so verrückt nach ihr ist. Er ist das, was sie sich von Mario wünscht und nicht bekommt. Der ist entweder mit seiner Kunst oder mit der Revolution beschäftigt und schaut auch mal nach anderen schönen Frauen. Gerade dass Scarpia so brutal und gewalttätig direkt auf sie losgeht und in diesem Moment nur sie will, macht sie an."

„Das ist eine typische Männerposition. Ich weiß nicht, wie du dazu kommst. Ich kenne keine Frau, die so ist. Ich ..." Marlene schien nach Worten zu ringen.

„Ich bin so eine Frau!", gab Conny freimütig zu.

Chiara war doppelt überrascht: zuallererst von Connys Geständnis, denn sie sprach normalerweise nicht über ihre Männerbeziehungen – das einzige Thema, bei dem sie Chiara nicht an sich heranließ. Und dann von Marlenes heftiger Reaktion, die sie in Einklang zu bringen versuchte mit dem, was sie über sie wusste.

Die Therapeutin in ihr konnte nicht verhindern, dass sie Marlene als Patientin betrachtete. Und *Tosca* hatte sich als Katalysator erwiesen. Aber vielleicht war das ja überhaupt eine Funktion von Opern? Sie verstärkten Gefühle oder führten sie auf ihre elementare Form zurück. Die Oper arbeitete mit Stereotypen und Archetypen. Genau wie das Tarot! Und das offensichtlich mit großem Erfolg.

Bei diesem Gedanken zuckte sie innerlich zusammen. Es war noch nicht lange her, da hatte sie beides belächelt: die Oper als elitäres hochkulturelles Relikt für Bildungsbürger und das Tarot als esoterisches Beschäftigungsritual für Feministinnen, dessen Determinismus sie ablehnte. Doch all das hatte sich innerhalb kürzester Zeit als Vorurteil erwiesen: Ihr Patient, Marlene und Matthias hatten sie eines Besseren belehrt.

Während sie über ihre Vorurteile nachdachte, blickte sie auf das Fernsehbild. Woran erinnerte sie dieses Auge bloß? Sie kam einfach nicht darauf. Conny und Marlene hatten ihr Opernfachgespräch inzwischen fortgesetzt. Plötzlich ein Aufschrei: Conny hatte mit der Fernbedienung herumgespielt und nun war auf dem Bildschirm genau die Szene zu sehen, von der sie so geschwärmt hatte: Die Callas rang mit ihrem Partner Tito Gobbi in der Londoner *Tosca*-Aufführung.

„Das ist doch kein Zufall! Irgendetwas geht hier vor", rief Conny verstört. Die Programm-Info zeigte an, dass auf 3Sat, das Conny zufällig erwischt hatte, gerade ein Callas-Porträt ausgestrahlt wurde.

„Verblüffend", beschwichtigte Chiara, „aber so etwas kann schon mal vorkommen. 3Sat sendet doch häufiger solche Dokumentarfilme."

Conny zeigte aufgeregt in Richtung Fernsehschirm: „Schaut doch! Da steckt alles drin, das ist einfach nicht zu toppen. Wer braucht da heute noch Neuinszenierungen! Wobei ich mich ja frage, wie Sänger und auch Regisseure mit dieser Tatsache leben können."

Marlene fand diese Einstellung etwas problematisch und warf ihr vor, den Maßstab zu hoch anzulegen.

Nur weil es einmal eine gigantische Aufführung gegeben habe, dürfe daraus nicht folgen, dass sich niemand mehr an den Stoff heranwagt. Dann dürfe man nach der Callas-Ära auch nie mehr *Norma* inszenieren. Oder nach Lisa Della Casa nie wieder *Arabella*.

Chiara staunte über den Ernst, mit dem gestritten wurde – um Positionen, Auffassungen, Interpretationen. Die Oper ist ein gefährliches Pflaster, stellte sie für sich fest: zwei Sänger, die eines rätselhaften Todes gestorben waren, ein Sänger in der Psychiatrie und eine ehemalige Sängerin, die mit der Ausbildung aufgehört hatte und Synchronsprecherin geworden war.

Auf dem Bildschirm war nun ein Musikkritiker zu sehen, der sich weitschweifig über Belcanto und die Callas ausließ. Conny schaltete auf das Standbild der DVD und das riesige *Tosca*-Auge blickte wieder ins Zimmer.

In diesem Moment wusste Chiara, woran es sie erinnerte: Wenn man die Karte *Königin der Kelche* quer legte, konnte man die von einem großen, blaugrünen Rhombus eingerahmten Ellipsen leicht als Auge interpretieren. Und noch etwas wurde ihr klar: Von Anfang an hatte sie ja gerade diese Karte als sehr abstrakt empfunden und keine Person darauf erkennen können. Und genau genommen war es die *Königin der Kelche*, die ihr sowohl die Oper als auch das Tarot näher gebracht hatte. Sie bedeutete so etwas wie ein verbindendes Element in all dem Wirrwarr.

Als sie ihre Entdeckung verkündetet, erntete sie Unverständnis und Ablehnung. „Wie kommst du bloß auf so einen Quatsch? Was hat denn das Tarot damit zu tun?", meinte Marlene erstaunt. In das Wort „Tarot" legte sie all ihre Verachtung. „Ausgerechnet du! Von dir hätte ich so etwas überhaupt nicht erwartet. Dieser Eso-Scheiß. Das widerspricht doch allem, was du mir gesagt hast!"

„Beruhige dich doch, nimm das doch nicht ernst." Chiara war von der Heftigkeit der Reaktion überrascht.

„Jaja, das sagen sie alle, wenn sie in die Klemme geraten: nicht so ernst nehmen. Aber vorher machen sie einen damit kaputt." Marlene sprach vor sich hin und schaute dabei auf den Boden.

„Wer macht wen kaputt?" Chiara wurde beinahe ärgerlich, doch noch überwog das Erstaunen.

„Ach, das verstehst du nicht", wehrte Marlene ab.

„Wieso verstehe ich plötzlich nichts? Bisher bist du immer zu mir gekommen, weil ich dich verstanden habe", gab Chiara scharf zurück.

„Jetzt kehr bloß nicht die Therapeutin raus. Ich hab dir extra gesagt, ich will dich nicht als Patientin treffen. Das ist vorbei." Marlenes keifende Stimme, die so gar nichts mit der Marlene zu tun hatte, die Chiara bisher kannte und bewunderte, schlug plötzlich wieder um. Kaum hörbar sagte sie mehr zu sich selbst: „Wahrscheinlich hätte ich das nie tun sollen. Ach, es war alles falsch."

„Marlene, komm wieder runter, du steigerst dich jetzt in irgendwas rein. Ich weiß überhaupt nicht, worum es geht", rief Chiara und berührte ihre Schulter, was Marlene zu einer heftigen abwehrenden Bewegung veranlasste: „Ich muss nicht runterkommen, Chiara, ich bin unten, ganz unten, tiefer gehts nicht mehr. Ich hab mich so in dir getäuscht."

Chiara verlor die Geduld: „Ihr seid ja alle verrückt mit eurem blöden Operngetue. Mich interessiert das null, ich schau eh nur zu, um euch einen Gefallen zu tun!"

Sie versuchte sich zu beruhigen und nahm wieder die Haltung der distanzierten Beobachterin – auch ihrer selbst – ein: „Das war mein Fehler. Ich hab in dieser Welt der Diven und sentimentalen Kitschstories eben nichts zu suchen."

Endlich mischte sich Conny ein. Sie wandte sich direkt an Marlene: „Was mit dir los ist, würde mich interessieren. Hängt dir deine verpasste Sängerinnenkarriere so nach? Warum denkst du, dass dir alle anderen etwas Böses wollen? Also, ich will das bestimmt nicht. Ich wollte heute einfach nur ..."

Ehe sie ihren Satz beenden konnte, war Marlene schon aufgesprungen, hatte ihre Tasche gepackt und die Wohnungstür hinter sich zugeschlagen. Unmittelbar danach klingelte es: Jonathan war gleichzeitig mit dem Pizzaboten eingetroffen. Doch statt das Trio beim gemütlichen Fernsehabend anzutreffen, fand er zwei Frauen vor, die irgendwie verstört wirkten. Die dritte war auf der Treppe wortlos an ihm vorbeigestürmt. Vom Fernsehschirm blickte ihm ein überdimensionales Auge entgegen.

Er schlug vor, den Abend mit Pizzaessen ausklingen zu lassen. Ein Vorschlag, den beide gerne annahmen.

14

FLUCHTWEGE

Am nächsten Morgen wurde Chiara von einem Anruf aus der Klinik geweckt. Jürgen Balkow war verschwunden, so Frau Kölner. Man habe am Morgen sein Zimmer leer vorgefunden. Am Vorabend sei es im Fernsehraum zwischen ihm und zwei anderen Patienten zu einem heftigen Streit gekommen.

„Wissen Sie, worum es dabei ging, Frau Kölner?" Chiara hatte eine Ahnung.

„Er wollte irgendeine Opern-Doku sehen und die anderen den *Tatort*", entgegnete die Sekretärin.

„Ich komme später in der Station vorbei", kündigte Chiara an.

Obwohl es noch sehr früh war, versuchte sie nacheinander Conny, Marlene und Helena anzurufen, traf aber jedes Mal nur auf einen Anrufbeantworter. Kein Wunder, die anderen waren eben keine Frühaufsteherinnen wie sie. Und Matthias würde um diese Zeit auch nicht erreichbar sein. Dann würde sie eben ihre Facebook-Recherche in Sachen Jürgen Balkow fortsetzen. Vielleicht nannte er sich ja anders, das war bei Künstlern nichts Außergewöhnliches. Sie würde einfach mal die Fotos von Moritz Berners 345 Freunden durchsehen. Leider waren auch viele stilisierte oder comicartige Bilder dabei. Als sie nach gefühlten hundertfünfzig Fotos auf einen martialischen Manga-Samurai traf, war sie bereits ziemlich entnervt. Neben dem Samurai wurde das Marsupilami angezeigt. So würde sie ihn nie finden. Trotzdem machte sie weiter. Doch wer sagte ihr überhaupt, dass sich die beiden Sänger kannten? Nur weil Jürgen Balkow von der *Königin der Kelche* gesprochen hatte und Moritz Berner diese Tarotkarte angeblich in der Tasche trug? Konnte das nicht einfach ein Zufall sein?

Endlich! Ein bekanntes Gesicht: Jürgen Balkow im Taucheranzug. Sie hatte sich also nicht geirrt mit ihrer Vermutung. Jürgen Balkow gehörte tatsächlich zu Moritz Berners Facebook-Freunden. Und natürlich hatten sie einen gemeinsamen Freund: Tom Heisler. Bingo!

Jürgen Balkow nannte sich auf Facebook Mike Nelson. Mike Nelson gab nur wenig von sich preis, nicht einmal seinen Beruf, nur bei den „Aktivitäten und Interessen" bekannte er, Tauchen sei seine große Leidenschaft, das Wasser sein bevorzugtes Element. In der Rubrik „Sport" wurde das Tauchen auch noch einmal genannt – mit dem Kommentar „Seit ich denken kann". So viel hatte er ihr bei ihrem Gespräch am Eisbach auch schon erzählt – und sie hätte noch viel mehr erfahren können, wenn sie ihn nicht durch eine unbedachte Reaktion zum Schweigen gebracht hätte. Hoffentlich würde sie bei ihrem nächsten Termin in der Klinik daran anknüpfen können. Wenn es überhaupt einen gab. Sie hoffte sehr, dass es sich bei seiner Flucht nur um eine Spontanaktion handelte und er am Abend wieder zurück war.

Mike Nelson alias Jürgen Balkow hatte das Radisson Blu Hotel in Berlin verlinkt. Er lieferte eine ausführliche Beschreibung der Arbeit des Tauchers, der täglich den AquaDom, das riesige Aquarium in der Mitte des Hotels, reinigte und gleichzeitig die Fische fütterte.

Auch davon hatte er ihr am Eisbach erzählt. Allerdings hatte es da viel weniger technisch-sachlich geklungen als auf Facebook, wo er die technischen Daten ausbreitete: Die AquaDom-Anlage war fünfundzwanzig Meter hoch, das Aquarium allein maß in der Höhe vierzehn Meter, hatte einen Durchmesser von elf Metern und enthielt eine Million Liter Wasser. Darin tummelten sich zweitausend exotische Fische. Fakten über Fakten, Zahlen, Superlative. Die Märchenwelt, die er ihr geschildert hatte, kam nicht vor.

Am meisten verblüffte sie jedoch, dass in seinem Facebook-Profil die Oper und das Singen überhaupt nicht erwähnt wurden. Nirgendwo ein Hinweis auf seinen Beruf. Man hätte denken können, er habe beruflich mit dem Radisson-Hotel zu tun, sei dort in der Öffentlichkeitsarbeit oder Werbung tätig oder eben tatsächlich als Taucher. Jedenfalls wäre niemand bei seiner

Selbstbeschreibung auf das Thema Musik oder gar Oper gekommen. Auch vom Tarot keine Spur.

Chiara fand überhaupt bei den wenigen Informationen, zu denen sie als Nicht-Freundin Zugang hatte, keine auffälligen Gemeinsamkeiten mit den beiden anderen. Was würde geschehen, wenn sie ihm eine Facebook-Freundschaftsanfrage schickte? Oder ihn bei ihrem nächsten Treffen – wann und wo immer das auch sein würde – darauf ansprach? Beides verwarf sie: Es war einfach unmöglich.

Bei ihrem zweiten Versuch, Helena, Marlene und Conny telefonisch zu erreichen, hatte sie Glück: Conny meldete sich und war erfreut, Chiaras Stimme zu hören. Den gestrigen Abend hatte sie offensichtlich gut überstanden. So etwas steckte sie leicht weg. Sie hatte ein beneidenswertes Talent, die Dinge nicht unnötig emotional aufzuladen. Sie lebte intensiv in der Gegenwart und wenn sie sie mal verließ, dann blickte sie in die Zukunft. Chiara tat diese Haltung gut. Die Freundin hatte ihr damit mehr als einmal sehr geholfen – vermutlich ohne es zu wissen, doch da war sich Chiara nicht so sicher.

Connys Stimme klang total begeistert, als sie vorschlug: „Chiara, wir müssen mal raus aus München!"

Chiara pflichtete ihr sofort bei: „Ja, fahren wir nach Berlin."

„Oh nein", wehrte Conny sofort ab, „das hab ich nicht gemeint". Doch sie fragte dann doch neugierig: „Wieso Berlin?"

Chiara erzählte von ihrer Facebook-Entdeckung

und dass sie große Lust habe, das Radisson Blu zu besuchen.

Conny hatte still zugehört. Nach einer kleinen Nachdenkpause rekapitulierte sie: „Wir haben also drei Sänger, die sich kennen beziehungsweise kannten – zwei von ihnen sind kurz hintereinander eines unnatürlichen Todes gestorben, der eine in Paris, der andere in Venedig. Der dritte sitzt in München in der Psychiatrie."

„Nicht mehr", korrigierte Chiara, „er saß dort."

Conny reagierte erschrocken: „Oh nein, sag bloß nicht, dass er auch tot ist."

„Ich hoffe nicht", antwortete Chiara, „er ist heute Morgen oder schon gestern Abend verschwunden, nachdem er einen Streit mit Mitpatienten über das Fernsehprogramm hatte. Ich hab vorhin einen Anruf von der Klinik bekommen. Ja, und dann hab ich ihn eben auf Facebook gefunden, wo er nichts von der Oper preisgibt, aber sich ausführlich als Taucher präsentiert – unter dem Namen Mike Nelson und als Freund von Moritz Berner und Tom Heisler."

„Mike Nelson – wie süß", schmunzelte Conny.

„Du kennst ihn?" Chiara war überrascht.

„Er war in den Sechzigerjahren der Held einer amerikanischen Fernsehserie", erklärte Conny.

„Das war doch lange vor unserer Zeit. Woher weißt du das?", wunderte sich Chiara.

„Das ist wirklich länger her, aber er wurde von Lloyd Bridges gespielt, dem Vater von Jeff, und über den weiß ich so gut wie alles", bekannte Conny und forderte dann: „Lass uns weiter zusammenfassen: Die drei Sänger sind Facebook-Freunde, einer verschweigt seinen eigentlichen Beruf, bekennt sich aber indirekt zum Tarot, indem er dich mit dem Satz ‚Die Königin der Kelche ist zurückgekommen' begrüßt. Einer hat die Karte in der Tasche, der andere spricht über die Karte. Vom dritten, dem in Paris Abgestürzten, wissen wir nichts in Hinblick auf Tarot und werden vermutlich auch nichts mehr erfahren."

„Ich hab das Gefühl, der Schlüssel liegt in diesem Hotel mit dem Riesenaquarium in Berlin. Und zwar der Schlüssel zu all den Ereignissen, die du selbst ja schon als makabres Spiel bezeichnet hast, in dem wir beide als Spielfiguren herumirren."

Conny widersprach wieder heftig: „Der Schlüssel liegt woanders, nicht in Berlin. Du weißt, dein Patient ist leidenschaftlicher Taucher und hat dort im Radisson gearbeitet. Das hat er dir erzählt und nicht nur dir, sondern aller Welt auf Facebook. Obwohl er eigentlich ein Schweiger ist und um sich ein großes Geheimnis macht. Also wird es ein Ablenkungsmanöver sein. Chiara, ich wundere mich, dass du darauf reinfällst!"

„Er weiß doch gar nicht, dass ich bei Facebook bin." Chiara fand Connys Vermutung absurd. Doch diese ließ das nicht gelten: „Da ist doch heute jeder – außer mir." Chiara widersprach heftig und warf Conny vorschnelles Urteilen vor – schließlich kannte sie Jürgen Balkow ja gar nicht –, sie war nun aber doch verunsichert. Vielleicht war Berlin wirklich eine fixe Idee.

Aber raus aus München musste sie unbedingt. Ein

Ortswechsel war dringend notwendig, um klar im Kopf zu werden.

„Und wohin willst du?", fragte Chiara.

„An den Bodensee, da werden wir mehr erfahren." Conny war sich vollkommen sicher: „Dort liegt der Schlüssel für all das, was passiert ist, der Schlüssel, den du doch immer suchst. Und zwar bei der *Tosca*-Aufführung auf der Seebühne."

„Du suchst bloß einen Grund, um nach Bregenz zu fahren, Conny." Chiara war nicht gerade begeistert. „Was willst du denn dort? Die Festspiele sind vorbei. Da ist jetzt nicht viel los."

„Nicht nach Bregenz", erklärte Conny, „lass mich doch endlich einmal ausreden. In Konstanz lebt ein alter Freund von mir, den würde ich dir gern vorstellen."

„Von dem hast mir noch nie erzählt!", reagierte Chiara entrüstet.

„Das tue ich ja jetzt. Also, Ernst Burghaus lebt in Konstanz und zeitweise in Gottlieben. Er ist einer der ungewöhnlichsten Typen, die ich kenne. Sein Spektrum reicht vom Kampfsport bis zur Oper. Und ich würde euch gern miteinander bekannt machen."

Conny lachte verführerisch, und Chiara war zunehmend mehr erstaunt. Was war bloß mit ihrer Freundin los? Gestern Abend überraschte sie mit dem Geständnis „Ich bin so eine Frau", über das Chiara seither immer wieder nachdachte.

Hatte Conny Marlene nur provozieren wollen? Oder suchte sie wirklich den Kick in extremen Machtbeziehungen zwischen Mann und Frau? Genauso distanziert, wie Chiara jetzt in ihren Gedanken formulierte, war ihr Verhältnis zu Connys Liebesleben. Es war stets tabu gewesen, Conny sprach einfach nicht davon, blockte jedes Gespräch, das sich auch nur in die Richtung bewegte, schon im Vorfeld ab. Und dann das Bekenntnis zu männlich-weiblichen Machtspielen, welcher Art sie auch sein mochten. Und gleich am nächsten Tag die Einladung, einen ihrer geheimnisvollen Freunde kennenzulernen. Diese Chance durfte sie sich nicht entgehen lassen. Chiaras Neugier überwog ihre Verunsicherung: „Okay, Conny, du hast mich überzeugt, fahren wir an den Bodensee." Sie verabredeten sich für das nächste Wochenende.

Conny lächelte vor sich hin. Natürlich hatte sie die Freundin nicht überzeugt, sie hatte vielmehr ihre Neugier geweckt. Eine Eigenschaft, über die Chiara im Übermaß verfügte. Wenn man geschickt war, konnte man sie damit austricksen und sogar ein wenig manipulieren. Und Conny war geschickt. Das Tarot-Kartendeck lag griffbereit neben ihr und sie zog schnell eine Karte. *Der Wagen* kündigte eine Reise an, die glücklich und erfolgreich verlaufen würde. Ganz wie Conny es geahnt hatte. Sie waren auf dem richtigen Weg.

15

BRUNNENBEKENNTNISSE

Nachdem Jonathan Klüger die tägliche Paketlieferung ausgepackt und die bestellten Bücher einsortiert hatte, entschloss er sich zu einem Spaziergang durchs Franzosenviertel. Seine Mitarbeiterin war gerade gekommen und so konnte er den Laden verlassen.

Noch bei der Eröffnung der Buchhandlung war er unsicher gewesen, wen er zu seiner Unterstützung einstellen sollte. Allein war es nicht zu schaffen, jedenfalls nicht den ganzen Tag. Der Gedanke, Praktikanten einzustellen, gefiel ihm nicht. Ihre Zeit war begrenzt und er wollte nicht bei jedem Wechsel wieder bei null anfangen und alles neu erklären müssen. Eine Fachkraft konnte er nicht zahlen – was also tun?

Wenige Tage nach der Eröffnung erschien eine ältere Dame, die auf den ersten Blick den Inbegriff von Distinguiertheit für ihn verkörperte, und erkundigte sich, ob er eine Mitarbeiterin suche.

Für Jonathan Klüger war es klar, dass sie nach einer Stelle für ihre Enkelin oder einen anderen jungen Verwandten fragte, also bejahte er und setzte sofort ein „Aber" hinzu. Doch bevor er erklären konnte, dass seine finanziellen Möglichkeiten begrenzt waren, unterbrach sie ihn und erklärte, es gehe ihr nicht darum, Geld zu verdienen, sie sei finanziell unabhängig, habe mit Unterbrechungen viele Jahre in Buchhandlungen gearbeitet, wenn es die familiäre Situation zuließ – immer aus Freude an den Büchern. Natürlich seien ihre Kinder schon lange erwachsen. In den letzten Jahren habe sie ihren kranken Mann betreut, doch mittlerweile sei seine Alzheimer-Erkrankung so stark fortgeschritten, dass er nicht mehr bei ihr zu Hause leben könne. Obwohl sie ihn täglich in der Seniorenresidenz besuche, habe sie nun viel mehr Zeit, und da habe sie die neue Buchhandlung in der Nähe ihrer Wohnung als Chance betrachtet, diese sinnvoll zu nutzen.

Jonathan Klüger war begeistert: Eine geeignetere Mitarbeiterin als Frau von Werther konnte er sich nicht vorstellen.

Er vertraute auf seinen ersten Eindruck und wurde nicht enttäuscht. Gleich an ihrem ersten Arbeitstag agierte sie so selbstverständlich, als habe sie immer dazugehört. Sie kam täglich von 11 bis 14 Uhr. Danach besuchte sie ihren Mann. Immer wenn Jonathan Klüger die Frage des Gehalts ansprach, winkte sie ab: „Ich hab es mir noch nicht überlegt, jetzt muss der Laden erst mal laufen." Die elegante Dame hatte einen Blick fürs Wesentliche, war stets bereit, anzupacken, und drückte sich meistens sehr direkt, manchmal sogar überraschend derb aus. Er freute sich jeden Morgen auf sie.

Während er die Pariser Straße entlanglief und sich selbst über sein Tempo wunderte – warum ging er eigentlich so schnell, er hatte doch kein konkretes Ziel, das er erreichen wollte? –, dachte er noch einmal über den gestrigen Abend nach. Es war ein eigenartiger Abend gewesen. Nachdem sie die Pizza verputzt hatten, war er nur noch kurz bei Chiara und Conny geblieben. Beide wirkten zerstreut, waren nicht sehr gesprächig und beinahe jede ihrer Äußerungen hatte einen aggressiven „Unterschleif", wie er fand. Er hatte das Gefühl, eine wichtige Diskussion unterbrochen oder durch sein Auftauchen verhindert zu haben. Aber das wollte er nicht zu seinem Problem machen. Schließlich hatten sie ihn ja eingeladen. Was ihn viel mehr bewegte, war Marlenes offensichtliche Flucht, zu der ihm die beiden Frauen nur Stichworte lieferten, auf die er sich keinen Reim machen konnte.

Am Weißenburger Platz angelangt, sah er Marlene allein auf einer Bank sitzen. Er war überrascht und verspürte gleichzeitig eine große Erleichterung.

Sie hatte ihn noch nicht bemerkt, obwohl er nur noch wenige Schritte von ihr entfernt war. Wie hypnotisiert blickte sie auf den Brunnen. Erst sein impulsives „Servus, das ist ja ein feiner Zufall. Kommst du oft hierher?" ließ sie aufschauen. Er wartete ihre Antwort nicht ab, sondern fragte sofort weiter: „Was ist denn gestern Abend bloß losgewesen? Du hast so erschreckt ausgeschaut, als du an mir vorbeigestürmt bist. So als sei dir etwas Furchtbares zugestoßen." Er ließ sich neben Marlene auf der Bank nieder: „Ich bin wirklich froh, dich hier zu treffen."

Sofort fing sie an zu erzählen. Über ihren Traum, Sängerin zu werden, den sie schnell aufgab, weil sie merkte, dass sie es nicht schaffen würde; über ihre Begegnung mit einem Regisseur, der ihr das Synchronisieren empfahl. Sie fand es eine Zeit lang aufregend, einer Figur ihre Stimme zu geben. Aber dann wurde es ihr von einem Tag zum anderen beinahe zuwider – mitten in einer Produktion. Sie erwähnte Chiara, die ihr in dieser Krise sehr geholfen habe, und wie sie, zurück in Hannover, mit ihr telefoniert habe, wenn es ihr nicht gut ging. Chiara verfüge über eine verblüffende Intuition und habe ihr immer den richtigen Rat gegeben, obwohl sie gar nicht alles über Marlenes Konflikt wusste. Doch sei es ja nur natürlich, dass sie nicht alles preisgegeben habe. Wie hätte sie sonst weiterleben können?

Zunächst erschienen ihm ihre Ausführungen ziemlich wirr, was ihn jedoch nicht störte. Als sie sich für ihre chaotische Erzählweise entschuldigte, wehrte er ab: „Das ist nicht nötig. So funktioniert Denken nun mal. Mir musst du nichts erklären und entschuldigen brauchst du dich schon gar nicht. Meine literarischen Favoriten sind Arno Schmidt und James Joyce. Du kannst also davon ausgehen, ich weiß, das Leben besteht nicht aus linearen Geschichten."

Marlene lächelte dankbar und setzte ihren Bericht fort, der fast den Charakter einer Lebensbeichte hatte.

„Meine Schwester wollte Sängerin werden. Sie war sehr gut und sehr ehrgeizig. Weil sie von ihrer Lehrerin nicht für einen wichtigen Wettbewerb empfohlen wurde, regte sie sich furchtbar auf und wollte alles hinschmeißen. Danach wurde sie depressiv und stand morgens nicht mehr auf. Alles war ihr egal. Aber dann kam wieder eine Phase, in der sie überaktiv und erregt war, in der Gegend herumfuhr und Freunde besuchte. Aggressiv war sie aber immer nur sich selbst gegenüber. In dieser Verfassung war sie, als sie mit ihrem Wagen von der Fahrbahn abkam und ins Wasser stürzte."

„Ins Wasser?", fragte Jonathan ungläubig. „Wie ist denn das passiert?"

„Das wurde nie aufgeklärt. Sie war auf dem Weg von Hannover nach Verden, fuhr über Land, eine Strecke, die wir immer sehr mochten. Es gibt da bei Gandesbergen eine kleine Autofähre über die Weser, ganz altmodisch-idyllisch."

Marlene wirkte auf einmal ganz entspannt.

„Ja, aber da wird man doch bestimmt angehalten, also man muss warten, bis man auf die Fähre fahren kann. Ich kenne zwar nur große Autofähren, aber das Prinzip müsste doch dasselbe sein", vermutete Jonathan.

„Außer dass man, wenn man will, einfach weiterfahren kann. Die Straße endet direkt am Ufer. Da gibt es keine Absperrung, nur Hinweisschilder. Es regnete stark an diesem Abend. Meine Schwester hatte einen katastrophalen Orientierungssinn, aber trotzdem ... Jedenfalls war sie nicht mehr zu retten." Beide schauten vor sich hin und schwiegen, bis Marlene ergänzte: „Ich hab das für Schicksal gehalten. Vorbestimmung. Schicksal eben."

„Schicksal gibt es nicht!" Jonathans Stimme klang ungewöhnlich scharf.

„Doch, gibt es", widersprach Marlene, „muss es geben. Mir hat der Gedanke geholfen. Ich wäre sonst nicht damit klargekommen. Doch dann, vor einem Jahr, hab ich erfahren, dass es keineswegs das Schicksal war, sondern die Bosheit einiger Menschen. Ihrer Kommilitonen."

„Verstehe ich nicht", gab Jonathan freimütig zu.

„Ist ja auch nicht leicht zu verstehen, wenn man den Opernbetrieb und die Musikhochschulen nicht kennt", räumte Marlene ein.

„Du kannst es mir ja erklären", forderte Jonathan sie auf. Doch Marlenes Enthüllungsdrang war unterbrochen worden. Sie zögerte: „Ich weiß nicht, ob ich das jetzt tun sollte. Es reißt so viele alte Wunden wieder auf."

„Und was war gestern?", fragte Jonathan weiter.

„Da wurde ich durch den *Tosca*-Film an meine Schwester erinnert. Die beiden anderen konnten nichts dafür, ich hab überreagiert, konnte mich einfach nicht beherrschen. Da bin ich lieber gegangen."

Ihre rasche Antwort und ihr unruhiger Blick zeigten ihm, dass sie ihm nicht die ganze Wahrheit gesagt hatte. Aber es lag ihm fern, sie zu drängen. Sie hatte sicher ihre Gründe dafür.

Während Marlene die Geschichte ihrer Schwester

erzählte, hatte er aus dem Augenwinkel heraus gesehen, wie Chiara auf den Weißenburger Platz zuging, zunächst zielstrebig den inneren Kreis der Bäume ansteuerte, sich dann aber so unauffällig wie möglich wieder entfernte – vermutlich, nachdem sie ihn und Marlene gesehen hatte. Er fand ihr Verhalten rätselhaft. Doch dieses Rätsel sollte sich schnell lösen: Nach einer Viertelstunde kam Chiara zum zweiten Mal, bewegte sich auffällig und telefonierte laut, damit die beiden sie schon von Weitem sehen konnten. Jonathan spielte mit. „Da kommt ja Chiara – wie schön!", rief er und winkte ihr fröhlich zu.

Als Chiara an der Bank angelangt war, beteuerte sie, sie wolle keinesfalls stören. Marlene blickte sie fast zärtlich an, stand dann abrupt auf und umarmte sie lange. Dann ging sie schweigend und ohne sich zu verabschieden weg.

Jonathan war überrascht, dass Chiara sie nicht zurückhielt. Auch er machte keine Anstalten, sondern wandte sich Chiara zu: „Hast du dich entschieden, ob du den Raum bei mir haben willst?" Gestern beim Pizzaessen hatten sie beschlossen, sich zu duzen. Das war immerhin ein konkretes Ergebnis dieses ansonsten verunglückten Abends.

Chiara war immer noch unentschlossen und erklärte, so lange sie Helena nicht erreicht habe, hänge sie in der Luft und fühle sich außerstande, Entscheidungen zu treffen.

Jonathan überlegte kurz, ob er das Gespräch auf Marlene bringen sollte, entschied sich aber dagegen.

Stattdessen erzählte er ihr, dass Matthias fast jeden Tag bei ihm im Laden vorbeischaute. Und er schwärmte von seiner Mitarbeiterin, die er allerdings schon viel zu lang alleingelassen hatte. Er verabschiedete sich mit einer kurzen, aber herzlichen Umarmung von Chiara und machte sich eiligen Schrittes auf den Weg zurück in die Buchhandlung.

Chiara blieb noch sitzen und nahm das Kartendeck aus der Tasche, um sich rasch die Karten zu legen. Wieder wählte sie das System der vier Karten: Auf Position eins, die das Thema repräsentierte, um das es im Moment ging, lag die *Königin der Schwerter*. Eine eigenartige Karte: die Frauenfigur lasziv zurückgelehnt, in der rechten Hand das Schwert, in der linken die Maske, die wie ein alter Mann mit Bart und leblos wirkt. Hinter ihrem Kopf Kristalle in Sternform und ein Kind, das versucht, hinter dem Kristallberg hervor- oder über ihn herüberzuschauen.

Die Karte beinhaltete die Aufforderung, sich endgültig von alten Masken und Rollen zu lösen, die Verbindung zu ihnen zu durchtrennen. Sie strebte in die Höhe, heraus aus den Wolken, ins Freie.

Die Karte auf Position zwei stand für die äußeren Einflüsse. Sie zeigte die *Zehn Kelche – Sattheit*. Ihre Aufforderung lautete: „Lass die Dinge sich selbst entwickeln. Vertraue darauf, dass alles im richtigen Moment geschieht." Ein Ratschlag, über den sie sich noch vor Kurzem lustig gemacht hätte, aber mittlerweile schien er ihr gar nicht mehr so absurd.

Gespannt war sie auf die Karte auf der dritten Position, die für das stand, was von der Kartenlegerin nach außen gegeben wurde: *Der Magier*! Ha – „die Magierin", ja, sie sollte sich als Magierin äußern. Das gefiel ihr. Längst hatte sie die weibliche Form dieser für sie besonders attraktiven Karte für sich eingeführt.

Nun noch die Karte auf Position vier, die Lösung des Problems: Es waren die *Neun Kelche – Freude*. Es war, als sähe sie sie jetzt zum allerersten Mal: neun Kelche, über die sich jeweils eine Lotosblüte stülpt – wie ein großer Kuss. Der Kelch fließt über, die Lotosblüte trinkt daraus und lässt es in den Kelch zurückfließen. Der Austausch von Säften ist zugleich der Austausch von Energie. Die Energie geben und nehmen, fließen lassen.

Chiara war beeindruckt von der subtilen blumigen Darstellung dieses erotischen Vorgangs. Die Karte beinhaltete die Aufforderung, sich ganz dem Augenblick hinzugeben und nichts an ihm ändern zu wollen: wenn man allein ist, das Alleinsein genießen, wenn man unter Menschen ist, ihre Gesellschaft genießen. Die eigene Arbeit in großer Selbstverständlichkeit tun. Den Zustand der Freude ohne schlechtes Gewissen annehmen und genießen: „Freude ist mein natürlicher Zustand."

Chiara war sich nicht klar darüber, was sie in ihrer aktuellen Situation damit anfangen sollte. Diese Karte schien so gar nichts mit den anderen dreien zu tun zu haben. Doch während sie überlegte, meldete sich endlich wieder ihre innere Instanz der Beobachterin:

„Hallo, wie bist du denn drauf? Es ist einfach okay, wenn du Freude am Tarot hast und damit spielst, denk also bitte nicht zu viel darüber nach!"

16

DIE FAHRT ÜBER DEN BODENSEE

Chiara war froh, einmal aus München wegzukommen. Ein ihr bisher unbekanntes Gefühl, denn sie fühlte sich wohl in dieser Stadt, die groß genug war, um ihr eine gewisse Anonymität zu garantieren – immer dann, wenn sie es wollte. Wenn sie mit der U-Bahn vom Ostbahnhof fünf Stationen in irgendeine Richtung fuhr, konnte sie sicher sein, in einer Gegend aufzutauchen, in der sie niemanden kannte und umgekehrt. Wahrscheinlich sogar schon nach drei Stationen. Auf der anderen Seite wusste sie genauso gut, wohin sie gehen oder fahren musste, um garantiert Bekannte zu treffen. München war groß genug, um unterzutauchen, aber nicht so groß wie Berlin oder Hamburg, wo sie immer zu allen Terminen zu spät kam, weil sie die Strecken, die zurückzulegen waren, jedes Mal unterschätzte. Diese beiden Städte beanspruchten eine Aufmerksamkeit, die sie nicht bereit war, ihnen zu geben.

München ließ sie in Ruhe. Oder hatte sie bisher in Ruhe gelassen. Denn jetzt war irgendetwas in Bewegung geraten. Etwas geschah um sie herum, da hatte Conny recht, und sie wurde involviert, ohne dass sie wusste, worum es wirklich ging.

Sie fühlte sich angegriffen, und das gleich von zwei Seiten: Helenas Praxisschließung bedrohte ihre materielle Existenz und Marlene machte ihr plötzlich eigenartige Vorwürfe. Aber es gab auch Positives: Matthias war ein echter und hilfreicher Freund geworden. Ja, und der neue Buchhändler war der ungewöhnlichste Mensch, den sie seit Langem getroffen hatte: eine wirklich literarische Existenz, sehr sensibel und zugleich temperamentvoll und handlungsfähig. Sein spontanes Angebot, sich doch in den hinteren Räumen seiner Buchhandlung ein Behandlungszimmer einzurichten, hatte sie vollkommen überrumpelt. Sie fühlte sich beinahe überfordert, aber das konnte sie ihm nicht anlasten, das war ihr Problem. Und gut, dass Conny da war – trotz ihrer Egozentrik, ihrem Operntick und ihrer Tarot-Besessenheit.

Ach ja, das Tarot kam auch noch dazu. Das hätte sie beinahe vergessen. Es war ihr aufgedrängt worden und sie hatte es angenommen und betrachtete es nun beinahe als selbstverständliche Praktik. Konnte das gutgehen? Sie wusste es nicht. Hier in all dem Wirrwarr würde sie jedenfalls nicht zu der Klarheit finden, die sie so sehr brauchte und die ihr jetzt fehlte. Gut, dass sie mal rauskam.

Sie nahm die S-Bahn zum Hauptbahnhof und folgte

Connys Rat, sich nur eine Fahrkarte bis Friedrichshafen-Hafen zu kaufen. Auf ihren Einwand, dass sie doch nach Konstanz wollten, hatte Conny erwidert: „Wir nähern uns mit dem Schiff, wir fahren über den Bodensee. Du wirst sehen, das ist ein ganz anderes Ankommen."

Kurz nachdem sie ihr Ticket gelöst hatte, sah sie Conny auf sich zukommen. Sie lachte, winkte und rief laut: „Kiki, oh wie schön, wir verreisen!" Erstaunlicherweise hatte sie nur eine kleine Reisetasche dabei. Chiara wunderte sich, denn die Freundin pflegte sich aufwendig zu kleiden, aber in diese Tasche passte nicht viel. Jetzt fiel ihr zum ersten Mal auf, dass sie noch nie zusammen verreist waren, obwohl sie sich schon lange kannten.

Conny umarmte sie zur Begrüßung und gab gleich die Order aus: „Gleis 17, der ICE nach Ulm. Wir setzen uns am besten in den Speisewagen." Mit der Souveränität der Vielreisenden registrierte sie im Vorbeigehen, dass das Bordbistro im Abschnitt D zu finden sein würde. Als sie in diesem Bereich angekommen waren, fuhr auch schon der Zug ein. Der Speisewagen hielt beinahe direkt vor ihnen.

Conny steuerte zielstrebig einen Zweiertisch an. Es war ein bisschen eng. Chiara wollte ihren Laptop nicht an der Garderobe stehen lassen und schlug deshalb vor, einen Vierertisch zu nehmen, doch Conny lehnte ab: „Du wirst sehen, das wird noch voller, und dann haben wir zwei Leute am Tisch und können nicht ungestört reden."

Sie behielt recht, es wurde voll. Bald waren alle

Plätze besetzt. Ohne Chiara zu fragen, bestellte Conny Rotkäppchen-Sekt und Manner-Schnitten. „Das mache ich immer so", lautete ihre Erklärung. „Ich lade dich ein. Oder willst du zu Mittag essen? Hast du Hunger?" Chiara verneinte, Sekt und Manner-Schnitten waren perfekt.

Bei der Ausfahrt aus dem Münchner Sackbahnhof schlingerte der Zug hin und her, so dass sich der Kellner und die Vorbeigehenden festhalten mussten. Und gerade als er die Sektflasche öffnete, wurde er von einer Frau angerempelt, die sich mit einem Trolley im Schlepptau durch den engen Mittelgang des Speisewagens kämpfte.

„Jetzt weiß ich, wo ich sie zum ersten Mal gesehen habe!" Conny war auf einmal ganz aufgeregt.

„Wen meinst du?"

„Marlene! Ich wusste doch, dass ich ihr schon mal begegnet bin. Sie war im Zug nach Venedig. Ich hatte mir, wie heute, eine Piccolo bestellt, der Kellner öffnete die Flasche und wurde beim Einschenken so stark von einer Frau angerempelt, dass er etwas verschüttete. Die Frau reagierte überhaupt nicht, sondern ging einfach weiter. Und diese Frau war – Marlene!"

„Bist du sicher?" Chiara überlegte, was das bedeutete.

Noch bevor sie etwas sagen konnte, fuhr Conny fort: „Warum hat sie es so vehement bestritten, dass wir uns schon mal gesehen haben? Du erinnerst dich, ich hab sie an unserem katastrophalen *Tosca*-Abend gefragt, aber noch bevor er eskalierte."

„Vielleicht hat sie es vergessen."

„Unmöglich, der Kellner war ziemlich wütend und rief ihr nach, ob sie nicht besser aufpassen könne. Da drehte sie sich um, sah uns an, entschuldigte sich, lief weiter und rannte beinahe noch den Schaffner um. Eine hektische und dramatische Szene."

„Trotzdem kann sie es vergessen haben", erklärte Chiara. „Sie war anscheinend von etwas ganz Wichtigem absorbiert. Außerdem hattest du es ja auch vergessen. Dir ist erst jetzt eingefallen, wann und wo du sie zum ersten Mal gesehen hast."

„Stimmt", Conny war nachdenklich geworden. „Aber Fakt ist, sie war im Zug nach Venedig."

„Sie könnte aber schon in Rosenheim ausgestiegen sein. Oder in Kufstein."

„Oder in Innsbruck, in Bozen, in Trient, am Gardasee, in Verona – alles möglich. Glaube ich aber nicht. Ich denke, sie ist genau wie ich nach Venedig gefahren. Deshalb war sie so nervös, als ich fragte, ob wir uns nicht schon mal gesehen haben."

Conny hob ihr Glas und prostete Chiara zu: „Doch lass uns jetzt die Fahrt, den Sekt und die Schnitten genießen, ich möchte mal eine Weile nichts mehr von Marlene, Jürgen Balkow und den verunglückten Sängern hören."

Als sie in Ulm ankamen, hatte der Zug wie immer Verspätung und sie mussten sich sehr beeilen, um von Gleis 2 zu Gleis 8 zu gelangen. Dort stand der Regionalexpress nach Lindau schon bereit zur Abfahrt. Ohne Speisewagen, ziemlich voll, in den leeren Waggons viele Fahrräder. Conny forderte sie auf, dazwischen Platz zu nehmen: „Lass uns hier bleiben, in den anderen Waggons ist es schrecklich eng. Es ist ja nur für eine Stunde."

Da es ziemlich laut war, sprachen sie kaum miteinander. Die Zeit verging schnell, in Friedrichshafen-Stadt angekommen mussten sie den Bahnsteig wechseln, um den Zug zum Hafen zu erwischen. Es dauerte nicht einmal fünf Minuten, dann lag endlich der Bodensee vor ihnen.

Chiara war von einem Moment zum anderen in einer völlig anderen Stimmung. Sie registrierte, dass sie viel ruhiger atmete und sich ihr Gesicht entspannte: ein riesiger See, dessen gegenüberliegendes Ufer nicht zu sehen war. In den sanften Wellen brachen sich die Sonnenstrahlen. „Wie am Meer, toll!", bemerkte sie und kniff die Augen zusammen. Es blendete sie, aber sie hatte keine Lust, ihre Sonnenbrille aus dem Koffer zu kramen.

Es war bestimmt fünf Jahre her, seit sie zum letzten Mal hier gewesen war, und wie immer war es nur für kurze Zeit und aus einem bestimmten Anlass: mal eine Ausstellung in Lindau, mal ein Kongress in Sankt Gallen, der See war immer nur Kulisse gewesen.

„Ich wusste, dass es dir gefallen würde." Conny war zufrieden. „Komm, wir nehmen den Katamaran."

Sie erklärte Chiara, dass es die Möglichkeit, den See schnell zu überqueren, noch gar nicht so lange gab. Davor war sie immer mit dem Zug bis Radolfzell gefahren und dort noch einmal umgestiegen, um nach Konstanz zu gelangen. Die Tatsache, dass man für die zehn Minuten Fahrzeit zwischen Radolfzell und Konstanz eine Viertelstunde warten musste, trübte allerdings die Reisefreude. Aber das war jetzt glücklicherweise anders, denn zwischen Friedrichshafen und Konstanz verkehrte nonstop ein Katamaran, der fast zweihundert Leute mit vierzig Stundenkilometer Höchstgeschwindigkeit über den See brachte.

Auch auf dem Schiff wusste Conny genau, welcher Platz der beste war: ganz vorn neben dem Buffet und vor der Tür, die zum Bug hinaus führte – bei Wind und Wetter auf eigene Gefahr. Sie sah erfreut, dass sich dort noch niemand niedergelassen hatte. „Letztes Mal war ich zu spät, da war mein Platz schon besetzt", erklärte sie, „das war ziemlich ärgerlich."

„Du scheinst dich ja wirklich gut auszukennen", bemerkte Chiara anerkennend, „ich wusste gar nicht, dass du so oft am Bodensee bist."

„Eine Zeit lang war ich tatsächlich oft am See, aber das ist schon eine Weile her. Ich glaube, da kannten wir beide uns noch gar nicht so gut."

„Hast du hier den Freund besucht, den wir treffen wollen?"

„Ernst? Ja, auch, aber nicht nur ihn. So, jetzt dreht er gleich auf, der Kat, und wenn er volle Geschwindigkeit fährt, müssen wir hinausgehen." Conny schloss die Augen und lächelte verzückt: „Es wird dir gefallen."

Chiara wusste, dass die Tricks, die sie manchmal anwendete, um ihre Patienten zum Reden zu bringen, bei Conny nicht wirken würden. Sie würde nur reden, wenn sie selbst es wollte. Also schwieg sie auch und schaute aus dem Fenster auf die Wasserfläche und die Schemen der Berge, vor denen ein leichter Nebelschleier lag. Es war etwas ganz Besonderes, sich per Schiff seinem Zielort anzunähern. Ein Arbeitsplatz, den man mit einem Linienboot erreichte, würde ihr gefallen: Venedig, Amsterdam ...

„Komm!" Conny war schon aufgesprungen. „Jetzt müssen wir raus." Sie stemmte sich gegen die Tür, die ihr vom Wind entgegengedrückt wurde. Draußen war es laut und stürmisch. Conny nahm Chiara an die Hand und lief mit ihr zur äußersten Spitze der Reling. Dort ließ sie sie los und platzierte sich als Galionsfigur. Mit geschlossenen Augen, von der Brise umweht, schien sie irgendetwas in sich aufzunehmen und dabei größer und stärker zu werden. Chiara beobachtete das rätselhafte Schauspiel, bis Conny abrupt von ihrem Platz zurücktrat und sagte: „Jetzt du!"

Es war faszinierend. Sie musste an Kate Winslet in *Titanic* denken. Gleichzeitig fühlte sie eine bisher unbekannte Energie, so als würden sich Kräfte aus den Tiefen des Sees zusammenballen und sie tragen. Am liebsten hätte sie ewig so verharrt, aber nach einer Weile wurde sie von Conny am Arm gepackt: „Komm, es ist genug. Es wird zu kalt. Wir wollen ja nicht morgen mit Halskratzen im Bett liegen."

Chiara gehorchte. An ihrem Platz angekommen, spürten beide die wohltuende Wärme und Conny bestellte zur Verstärkung heiße Schokolade für beide: „Die trinke ich immer!" Dann begann sie zu reden. Sie erzählte von dem Club in der Nähe von Bregenz, den sie während eines Aufenthalts im Rahmen der Festspiele entdeckt hatte. Das Scala war eine exklusive Bar, die sich vom Casino am Festspielhaus auf den ersten Blick kaum unterschied. Rätselhaft waren allerdings die Spielkarten, die auf dem Tisch lagen: Jeweils zwei Damen und zwei Könige aus dem französischen Blatt: Karo- und Kreuz-Dame, Herz- und Pik-König.

Der Code war ganz einfach zu entschlüsseln: Kreuz-Dame und Pik-König bedeuteten: Ich will reden, trinken, relaxen – einfach einen entspannten Abend haben. Karo-Dame und Herz-König bedeuteten: Ich will all das auch gern tun, aber darüber hinaus oder sogar in erster Linie mit jemandem Sex haben.

„Ob es dann wirklich dazu kommt, entscheidet sich natürlich erst bei der Begegnung", erklärte Conny, „aber so hat man von Anfang an schon eine gewisse Orientierung, wenn man an einen Tisch kommt."

Chiara war sprachlos. Hatte sie nicht aufgepasst, nicht richtig zugehört? Erzählte ihr die Freundin von einem Film, den sie gerade gesehen hatte?

„Mir hat das Anonyme gefallen – so eine Art Blind Date, aber eben kein Speed-Dating – im Gegenteil, man kann sich Zeit lassen. Und man kann, ohne darüber zu reden und vielleicht Verlegenheit aufkommen zu lassen, deutlich machen, was man wirklich will, also, dass man Sex will."

„Und das willst du oder hast du gewollt?" Chiara konnte immer noch nicht fassen, was sie zu hören bekam – im kühl gestylten Innenraum des Katamarans, der über den Bodensee schnellte, vor sich eine Tasse Schokolade.

„Ja, klar, sonst wäre ich doch nicht ins Scala gegangen."

„Suchst du solche Beziehungen oder sind das Beziehungen, die du suchst, oder ..." Chiara stotterte herum, bis Conny ihr zu Hilfe kam: „Ich weiß schon, was du meinst. Nein, ich suche dort keine Beziehungen, ich suche Spaß für einen Abend, eine Nacht, ich hab, wie wir alle, keine passende Sprache dafür. Also, ich suche das, was man schnellen Sex nennt. Manchmal jedenfalls."

„Na ja", Chiara wusste immer noch nicht, wie sie reagieren sollte. Es war einfach zu überraschend für sie.

Conny erklärte ihr Modell der möglichst allumfassenden Selbstbestimmung: „So neu ist das nicht. Ich hab es nicht erfunden. Da gibt es berühmte Vorbilder, angefangen bei Lou Andreas-Salomé ..."

„Die Psychoanalytikerin und Freud-Schülerin?", fragte Chiara.

„Na ja, sie war schon viel mehr und hat es nicht verdient, dass sofort ein Männername genannt wird, wenn man auf sie zu sprechen kommt. Genau wie bei der Schwabinger Szene-Ikone, die zu jedem München-Fest hervorgezerrt wird, obwohl sie aus Husum stammt: Franziska zu Reventlow."

Chiaras staunte immer mehr: „Ich wusste gar nicht, dass du dich so gut in der Literatur auskennst."

„Ich kenne mich in vielen Dingen gut aus, ohne viel darüber zu reden", konterte Conny lachend.

„Ohne überhaupt darüber zu reden", korrigierte Chiara.

„Stimmt, du hast es erfasst, ich tue es lieber, als dass ich darüber rede."

„Das eine schließt das andere ja nicht aus."

„Für mich schon, aber du bist Psychologin, Kiki – allein deshalb musst du eine andere Einstellung dazu haben. Zum Reden, meine ich. So habe ich übrigens auch Ernst kennengelernt. Das war eben in diesem Club in der Nähe von Bregenz. Er kam an meinen Tisch und wir kamen ins Gespräch. Er kannte München gut, weil er dort mal gearbeitet hat. Dann erzählte er von seiner Zeit als Security-Mann in Andechs und kam auf seine Schwärmerei für Edita Gruberová zu sprechen und wie lange er angestanden habe für eine *Norma*-Karte. Natürlich hatte ich die Karo-Dame vor mich hingelegt – na ja, und dann haben wir uns dort ein Zimmer genommen."

„Das war aber nicht das erste Mal, dass du dort warst."

„Nein, aber vor allem nicht das letzte Mal. Aber in der letzten Zeit war ich tatsächlich nicht mehr so viel dort. Weißt du, als er mir sagte, er habe im Klosterbräu in Andechs gearbeitet, fiel mir plötzlich ein, dass ich ihn dort schon einmal gesehen hatte. Als ich einmal mit Freunden aus Italien dort war, lehnte er ganz lässig an der Tür bei der Theke. Doch immer wenn er sich bewegte, erkannte man, dass es sich bei ihm nicht um einen ‚harmlosen' Gast handelte, der zufällig an diesem Platz stand. Er hatte so eine Körpersicherheit, wie sie nur Tiere haben. Tiger oder Jaguare. Geschmeidig, koordiniert, keine Bodybuilding-Attitüde, sondern eindeutig Kampftraining. Mir fiel auch sein aufmerksamer Blick auf, dem nichts entging. Von seinem leicht erhöhten Aussichtsplatz konnte er beinahe das ganze Bräustüberl überblicken, den Hauptraum und einen großen Teil des Nebenzimmers. Der Platz direkt im Eingangsbereich zum Schanktresen und zum Jausentresen war strategisch gut gewählt: Hier bildeten sich die Schlangen der Gäste, die sich etwas zu trinken oder zu essen holten. Hier konnte es zu Streitereien oder im schlimmsten Fall zu Raufereien kommen. Als ich ihn im Scala darauf ansprach, erzählte er mir, er habe sein Leben lang Kampfsport gemacht, als Karatelehrer gearbeitet und sei kurze Zeit Bodyguard bei einem Politiker gewesen, der gern nach Andechs fuhr. Den Job bei dem Politiker habe er bald aufgegeben, doch der ‚Heilige Berg‘ hatte ihn angezogen."

Chiara hatte zwar aufmerksam zugehört, klassifizierte die Geschichte jedoch als Ablenkungsmanöver. So viel wollte sie über Ernst gar nicht wissen, sie war vielmehr an Connys Liebesleben, oder wie immer sie das nennen wollte, interessiert. Vielleicht weil sie eine Art Nachholbedarf verspürte: Conny hatte in all den Jahren ihrer Freundschaft nie darüber gesprochen.

Als habe sie ihre Gedanken gelesen, sagte Conny: „Wenn du über Sex reden willst, bist du bei mir falsch. Ich mache alles, na ja, fast alles, aber ich rede über nichts."

„Weil du nicht weißt, wie, weil du keine Sprache

dafür hast – wie wir alle, das hast du ja schon zugegeben."

„Nein, weil ich nicht darüber reden will. Ich wüsste gar nicht warum."

„Ja, aber …"

„Das ist die einzige Chance, diese Erlebnisse für mich zu behalten. Ich will sie nicht teilen, verstehst du, Kiki, mit niemandem, sie gehören mir. Da! Schau dir die Imperia an!"

Conny wies auf die große Frauenstatue am Hafeneingang von Konstanz.

„Es ist einfach herrlich, jedes Mal beim Ankommen von ihr begrüßt zu werden."

Zweifellos war die Imperia eindrucksvoll: eine große, schöne, stolze Frau in aufrechter Pose, die Arme seitlich im rechten Winkel nach oben gestreckt, in jeder Hand eine Puppe haltend. Ihre Ausstrahlung war unmissverständlich erotisch: großer Busen, schmale Taille, geschlitzter Rock mit nacktem Bein. Die Haltung und die langsame Drehung verliehen ihr etwas Laszives.

„Wer ist denn das?"

Chiara war beeindruckt, fühlte sich aber auch an irgendetwas erinnert.

„Der Bildhauer hat sich an einer Erzählung aus Balzacs *Tolldreisten Geschichten* orientiert: *La belle Impéria*. Darin geht es um eine Kurtisane in Konstanz zur Zeit des Konzils. Sie steht nun schon seit zwanzig Jahren hier. Damals fanden es viele Konstanzer – vor allem die Katholiken und das sind ja die meisten –

skandalös, eine Kurtisane als Aushängeschild zu haben. Und nicht nur das: Die Zwerge, die sie in ihren Händen hält, repräsentieren weltliche und kirchliche Macht. Einer trägt eine Kaiserkrone, einer eine päpstliche Tiara. Sonst sind sie nackt. Ich finde sie jedenfalls einfach toll, die Imperia."

„Das ist sie auch", pflichtete Chiara der Freundin bei. Sie überlegte, woher sie die beeindruckende Statue kannte. In Konstanz war sie vorher noch nie gewesen. Ob sie ein Bild von ihr gesehen hatte?

17

DIE LETZTE KARTE

Auf der Isarbrücke war er noch unschlüssig, wohin er gehen sollte. Er stieg zum Friedensengel hoch und bog rechts in die Maria-Theresia-Straße ein. Am Wiener Platz überquerte er den kleinen Markt und betrat das Café gegenüber. Seinen Cappuccino trank er so hastig aus, dass er sich die Zunge verbrannte. Dann lief er die Steinstraße entlang bis zur Metzstraße und steuerte zielstrebig den Weißenburger Platz an. Er verspürte keine Angst, sondern wieder diese Neugier, von der er glaubte, dass sie ihm einmal zum Verhängnis werden würde.

Sie saß auf derselben Bank, auf der er sie vor wenigen Tagen gesehen hatte, bevor sie sich mit einer Umarmung von der Psychologin verabschiedet hatte. Ein großer blonder Mann war auch dabei gewesen. Die Szene hatte ihn verstört. Er fühlte sich abwechselnd als Opfer eines Komplotts oder als Opfer seiner selbst.

Vielleicht stand es schlimmer um ihn, als er dachte. Litt er unter Halluzinationen? Sie war doch tot, vor Jahren verunglückt, mit dem Auto in den Fluss gestürzt. Wie konnte sie jetzt hier auftauchen?

Als er und die beiden anderen vor einem halben Jahr den Brief mit der Tarotkarte erhielten, wusste er, dass es nun war aus mit seiner Ruhe. Für immer. Das war sein erster Gedanke gewesen. Doch er musste einräumen, dass die Ruhe ohnehin trügerisch gewesen war. Was steckte dahinter? Wer hatte ein Interesse daran, die Sache wieder aufzurollen? Wer wusste überhaupt davon?

Die Nachricht von Tom Heislers Todessturz vom Dach der Pariser Oper hatte ihm Moritz Berner per SMS mitgeteilt und gleichzeitig sein Treffen mit einer Unbekannten nach der Vorstellung im La Fenice angekündigt. Dann hörte er nichts mehr von ihm, bis in den Zeitungen zu lesen war, dass man einen toten Opernsänger aus dem Canal Grande gezogen hatte. Ein Unfall – wie absurd!

Beim Näherkommen fühlte er auf einmal eine große Erleichterung, die ihm Energie gab. Er halluzinierte nicht, sie war wirklich da. Sie existierte nicht nur in seiner Einbildung, sie lebte.

Als er ihr zum ersten Mal in die Augen blickte, wurde er von einer weiteren Erkenntnis überwältigt: Die Frau auf der Bank war nicht Liliane, aber sie sah ihr zum Verwechseln ähnlich. Das heißt, sie sah so aus, wie Liliane heute aussehen würde. Dass Liliane eine

Schwester hatte, hatte er nicht gewusst. Davon war damals nicht die Rede gewesen oder er hatte es vergessen.

„Ich bin Marlene Freitag", waren die ersten Worte, die die Frau auf der Bank sprach. Ihre Stimme kam ihm sofort bekannt vor. Er hatte sie schon häufig gehört: im Fernsehen, im Kino.

„Sie haben eine wunderbare Stimme", hörte er sich sagen und fragte sich gleichzeitig, warum ihm dieser banale Satz eingefallen war. „Sie wissen ja, wer ich bin", fügte er schnell hinzu.

Zur selben Zeit prosteten sich Chiara, Conny und ihr Freund Ernst Burghaus im Gastgarten der Seekantine mit Bodensee Secco zu. Von Anfang an war die Stimmung heiter und gelöst gewesen. Ernst freute sich offensichtlich, Conny wiederzusehen. Beide überlegten, wie lange es her war, dass sie sich getroffen hatten, kamen aber nicht darauf.

Ernst gab zu, sich kaum noch vom See wegzubewegen. Er reiste nicht mehr gern, war bequem geworden und hatte Gewohnheiten entwickelt, wie er es nie für möglich gehalten hätte. Und da Conny in diesem Jahr nicht zu den Bregenzer Festspielen gefahren war, musste ihre letzte Begegnung schon vor einem Jahr stattgefunden haben.

Wie ein Liebespaar wirkten sie nicht, konstatierte Chiara, eher wie alte Freunde, die sich lange kannten. Kein Knistern, keine Spannung, aber sehr viel Wärme, in die auch Chiara eingeschlossen wurde. Sie fühlte sich vom ersten Augenblick an wohl mit den beiden, was in einer Dreierkonstellation, noch dazu mit einer solchen Vorgeschichte, eher selten war.

„Also, was willst du wissen?", fragte Ernst plötzlich unvermittelt, und dann noch einmal an Chiara gewandt: „Oder was wollt ihr wissen?"

Conny skizzierte die Sachlage. Ernst hörte aufmerksam zu und schien weder beeindruckt noch erstaunt zu sein angesichts der beiden rätselhaften Todesfälle. Viel größeres Interesse zeigte er für Chiaras Facebook-Recherche: „Damit kenne ich mich überhaupt nicht aus, aber so, wie du es darstellst, ist es gar nicht übel", lobte er Chiara. „Ich kann zwar überhaupt nicht verstehen, warum man Infos oder sogar Fotos von sich ins Internet setzt, aber deine Detektivarbeit, dieses Herumsuchen würde mir auch gefallen." Dann machte er eine Pause, schaute die beiden mit verheißungsvollem Lächeln an und verkündete: „Ich glaube, ich hab da etwas für euch. Ich weiß etwas, was euch interessieren oder sogar weiterhelfen könnte."

„Los, Ernst, mach es nicht so spannend!"

Conny war ganz aufgeregt und Ernst kostete ihre Ungeduld noch ein wenig aus, bevor er sie erlöste: „Du weißt, ich kenne sehr viele Leute aus der Bregenzer Festivalszene", leitete er seinen Bericht ein und kam dann endlich zur Sache: zu dem rätselhaften Vorfall, den es bei der allerletzten *Tosca*-Vorstellung gegeben hatte.

„Ihr habt doch bestimmt von dem spektakulären Abgang Cavaradossis durch einen Sturz in den See gehört", vergewisserte er sich. „Das macht natürlich ein

Stuntman", fuhr er fort. „Es war grandios inszeniert und ausgeführt. Es hat lange gedauert, bis ich herausbekommen habe, wann der Wechsel stattfindet, ich meine, wann der Sänger verschwindet und der Stuntman seine Stelle einnimmt. Das muss perfekt getimt sein. Ich bewundere diese Präzision grenzenlos."

„Das kannst du uns später noch genau erklären, du Timing-Fetischist. Ich weiß schon, Timing ist das Zauberwort beim Kampfsport und beim Gesang und ich finde das auch total spannend, aber jetzt wollen wir wissen, was am letzten *Tosca*-Abend passiert ist", drängte Conny.

Ernst folgte ihr etwas enttäuscht, weil er in seiner Eloge so brutal gestoppt worden war: Vor der letzten Vorstellung habe einer der Chorsänger den Stuntman gebeten, diesmal seinen Part übernehmen zu dürfen. Natürlich habe sich der Stuntman zunächst geweigert, doch weil ihn der Sänger so sehr bestürmt und von einer Wette gesprochen habe, die ihm unendlich viel bedeutete, erklärte er sich schließlich einverstanden. Es war ja der allerletzte Abend, der Sänger war Hobbytaucher, kannte sich zweifellos gut aus, und ein Sprung von zehn Metern ins Wasser war ja keine Heldentat. Ein Zehnmeterbrett war schließlich in vielen ganz normalen Freibädern zu finden. Warum also nicht?

Nachdem er sich auf diese Weise beruhigt hatte, willigte der Stuntman ein. Außer dem Mario-Darsteller, dem Stuntman und wahrscheinlich noch dem Inspizienten oder seinen Mitarbeitern hat es niemand erfahren.

Entgegen seinem Versprechen tauchte der Chorsänger jedoch hinterher nicht mehr auf. Er kam nicht zur Dernierenfeier, was den Stuntman zunächst beunruhigte, bis ihm ein anderer Chorsänger noch am selben Abend die Nachricht überbrachte: Alles okay, aber er wolle von jetzt an lieber verschwunden bleiben. Sein Job sei beendet.

Ohne dass sie ihn gefragt oder – außer ihrem Namen – überhaupt etwas zu ihm gesagt hatte, erzählte Jürgen Balkow Marlene von seinem Sprung in den Bodensee aus zehn Metern Höhe vor sechstausend Zuschauern – mitten in der Vorstellung, ja, sogar als Teil der Vorstellung. Er wusste selbst nicht, warum er das getan hatte.

Die Tarotkarte, die er wie seine beiden früheren Kommilitonen per Post erhalten hatte, trug er mit sich – in der Absicht, sie im See zu versenken. Doch das hatte er während der aufregenden Vorbereitungen völlig vergessen. Also blieb sie in seiner Tasche und tauchte mit ihm wieder auf. Warum er überhaupt diesen Sprung gewagt hatte, war ihm bis heute nicht klar. Vielleicht wollte er die Anspannung, unter der er stand, seit ihm die Vergangenheit auf den Fersen war, damit abschütteln. Doch es funktionierte nicht.

Der Kick, den der Stunt zweifellos für ihn bedeutete, hielt nicht lange vor. Als er aus dem Wasser stieg, fühlte er sich so haltlos, dass ihm das Wort „vogelfrei" in den Sinn kam. Dabei waren ihm die Fische und das Wasser sehr viel näher als die Vögel und die Luft. Es fiel ihm als einzige Zufluchtsstätte das Berliner Hotel mit dem Aquarium ein. Und so machte er sich auf den Weg.

Marlene hatte die ganze Zeit aufmerksam zugehört, ohne irgendetwas zu kommentieren oder nachzufragen. Sie hatte ihn angeschaut und versucht, ihn und seine Geschichte mit ihren Gefühlen zusammenzubringen: mit ihrer Verzweiflung, ihrer Wut, ihrer Niedergeschlagenheit und ihrem Rachebedürfnis, nachdem sie seinen Brief gefunden hatte.

Dieser lag in der bunten Kiste, die sie nach dem Tod ihrer Schwester unberührt in den Keller gestellt hatte, weil sie damals nicht die Kraft hatte, sich näher damit zu beschäftigen. Erst viel später, vor einem Jahr ungefähr, war sie beim Suchen einiger Unterlagen wieder auf den Karton gestoßen, den ihre Schwester mit Yantra-ähnlichen Diagrammen beklebt hatte.

Auf dem Briefumschlag, der ganz oben in der Kiste lag, war als Absender Jürgen Balkow vermerkt, das Schreiben war mit drei Namen unterzeichnet worden. Kurz und knapp bekannten sich Tom, Moritz und Jürgen zu der Tat, die sie damals als Gag betrachtet hatten: die Entfernung der Karte *Königin der Kelche* aus dem Kartendeck der Gesangslehrerin.

Es war die Figur, die Tessa Saloniki Liliane zugeordnet hatte, folglich konnte sie nicht gezogen und daher auch nicht für die Teilnahme an dem Wettbewerb vorgeschlagen werden.

Es war also weder Schicksal noch Los-Pech, sondern die bösartige Aktion dreier Kollegen gewesen, die diese damals wahrscheinlich komisch fanden. Tessa

Saloniki bemerkte von all dem nichts, sondern verließ sich auf die Entscheidung der Karten.

„Zuerst wollten wir uns über dieses ganze Tarot-Theater, von dem Frau Saloniki wie besessen war, lustig machen und dann selber Schicksal spielen. Doch das hat es sich nicht gefallen lassen, das Schicksal. Es hat uns gezeigt, dass es stärker ist."

„Unsinn", konterte Marlene, „Schicksal gibt es nicht. Es gibt nur das, was wir daraus machen."

Anschließend spürte sie ihren eigenen Sätzen nach, die auf einmal wie ein Zauberspruch auf sie wirkten. Wie ein entlastender Zauberspruch.

Zurück blieben Fragen: Warum war ihr der Brief vor einem Jahr in die Hände gefallen? Warum hatten sie ihn überhaupt geschrieben? Warum war ihre Schwester so verstört gewesen, dass sie mit ihrem Auto ins Wasser fuhr? Warum waren die beiden Sänger so erschrocken von ihrem Anblick, dass sie mit überstürzter Flucht reagierten?

All das war nicht ihre Schuld. Ihr Fehler bestand darin, zu glauben, dass sie die Antworten darauf geben konnte. Das war vermessen und arrogant.

Wie alle anderen würde sie mit den Fragen leben müssen.

„Hast du die Karte dabei?", fragte sie Jürgen Balkow. Schweigend reichte er ihr die *Königin der Kelche*.

Sie sah ihn an. „Danke!", sagte sie, dann stand sie auf und ging weg. Er schaute ihr lange nach und fühlte sich wie jemand, der einer großen Gefahr entronnen war. Es war vorbei.

Chiara und Conny waren nach Ernsts Schilderung der Dernieren-Ereignisse nachdenklich geworden, was ihm gar nicht gefiel. Vergeblich versuchte er, sie zu einer Kneipentour durch Konstanz zu bewegen. Zwar begleiteten sie ihn noch in die Altstadt und nahmen gemeinsam einen Drink, aber die Stimmung blieb gedrückt, so dass er schließlich aufgab und vorschlug: „Am besten tut jetzt jeder das, was er meint, tun zu müssen. Ich geh nach Haus. Beim nächsten Mal seid ihr hoffentlich unternehmungslustiger. Schön wars trotzdem mit euch." Dann gab er jeder einen Kuss auf die Wange und ging.

Erst nachdem er weg war, merkten sie, wie müde sie waren. Sie beschlossen, schlafen zu gehen und morgen auf der Rückfahrt alles zu besprechen.

Auf der Rückreise war Conny müde und einsilbig. Chiara begann schon auf dem Katamaran mit der Bestandsaufnahme ihrer Erkenntnisse und der Rekonstruktion der Ereignisse:

Hannover vor fast zwanzig Jahren. An der Musikhochschule drei Sänger, die ein schlimmes Ereignis miteinander verband, das durch die Tarotkarte *Königin der Kelche* symbolisiert wurde.

Vor wenigen Wochen hatte einer der drei Sänger die Spielzeit in Bregenz mit einer spektakulären Mutprobe beendet. Kurze Zeit später verunglückten die beiden anderen Sänger auf mysteriöse Weise: Einer fiel vom Dach der Pariser Oper, der andere ertrank im Canal Grande.

Ungefähr um dieselbe Zeit bekam Chiara den dritten Sänger als Patienten zugewiesen: Jürgen Balkow. Er begrüßte sie mit dem Satz: „Die Königin der Kelche ist zurückgekommen." Dass sich die drei Sänger kannten, hatte Chiara durch ihre Facebook-Recherche herausbekommen. Jetzt war auch er verschwunden.

Im Gespräch mit dem neuen Buchhändler hatte Marlene beiläufig ihre Schwester erwähnt, von der sie Chiara nie erzählt hatte. Ja, sie hatte sie sogar verheimlicht.

Dafür gar es keinen triftigen Grund, überhaupt keine sinnvolle Erklärung. Irgendetwas hatte sie damit zu tun, und auch mit der Oper und dem Tarot, wie ihre extreme Reaktion auf dem *Tosca*-Abend bei Conny bewies.

Conny war eingeschlafen. Chiara rüttelte sie leicht an der Schulter, denn der Katamaran würde gleich in Friedrichshafen anlegen. Sie gingen von Bord, liefen das kurze Stück zum Hafenbahnhof, wo der Shuttlezug zum Stadtbahnhof schon wartete, und dort stand schon der Regionalzug nach Ulm. Diesmal war er ziemlich leer.

Bevor er sich in Bewegung setzte, erklärte Conny: „Ich bin gestern Nacht doch noch mal weggegangen. Ich konnte nicht schlafen. Und jetzt bin ich müde." Dann drehte sie sich zur Seite und schloss die Augen.

Chiara hatte plötzlich das Gefühl, von allem, was um sie herum geschah, höchstens die Hälfte mitzubekommen. Doch eigenartigerweise machte ihr das nichts aus. Sie stand leise auf, ging in den nächsten Waggon und rief Jonathan an, um ihm zu sagen, dass sie sein Angebot annehmen wolle. So bald wie möglich würde sie den Raum in seiner Buchhandlung beziehen.

18

DIE ENTDECKUNG DER MAGIERIN

Als Chiara zu Hause ankam, leuchtete ihr im Flur die Meldung „Speicher voll, bitte Anrufe löschen" entgegen. Sie hätte daran denken müssen. Hoffentlich war ihr nichts Wichtiges entgangen, aber schließlich kannten die meisten ohnehin auch ihre Handynummer.

Anruf Nummer eins: Helena teilte ihr mit, sie habe sich umentschieden. Sie wolle ihre Praxis doch noch eine Weile weiterbetreiben. Mindestens die nächsten zwei, drei Jahre. Von ihr aus könne also alles beim Alten bleiben. Sie bedankte sich für Chiaras Geduld während ihrer langwierigen Entscheidung.

Der Taucher war Anrufer Nummer zwei: Jürgen Balkow bedankte sich für alles und empfahl ihr, doch mal in Facebook zu schauen.

Bevor sie ihren Computer einschaltete, lief sie zum Postkasten und fand darin einen Brief ohne Absender. Doch sie erkannte sofort die Handschrift, mit der ihre

Adresse geschrieben war: Marlene. Der Brief enthielt die Tarotkarte *Königin der Kelche*, auf die Marlene an den Rand geschrieben hatte: „Danke – für alles".

Chiara rief Conny an: „Conny, warum bedanken sich denn alle bei mir? Ich hab doch gar nichts gemacht."

„Aber natürlich hast du das", widersprach Conny, „du hast doch schließlich alle zusammengebracht."

„Das hat sich einfach so ergeben", wehrte Chiara ab. „Ich konnte doch gar nicht helfen. Und ich weiß doch immer noch nicht genau, was wann und wo passiert ist. Manche Zusammenhänge ahne ich nur. Und was das Schlimmste ist: Das reicht mir. Ich will sie gar nicht weiterdenken. Das macht mich ganz konfus, Conny, dass ich den Dingen gar nicht mehr auf den Grund gehen will. So kann man doch nicht helfen!"

„Nicht als Psychologin, Kiki, aber als Magierin."

Auf Facebook warteten zwei Überraschungen auf Chiara: Mike Nelson alias Jürgen Balkow hatte den Link zu einem Musikvideo auf ihrer Chronik gepostet. *A Merman I Should Turn to Be* von Jimi Hendrix verband dessen überirdische Stimme mit der Unterwasserwelt, die Jürgen so sehr liebte.

Chiara spielte es gleich zweimal hintereinander ab. Sie nahm Abschied. Sie wusste, dass sie ihren geheimnisvollen Patienten nicht wiedersehen würde, und gleichzeitig war sie überzeugt, dass er gerettet war – was immer das auch bedeuten mochte. Die Gefahr war jedenfalls vorbei.

Überraschung Nummer zwei war eine Nachricht von Matthias. Er hatte sein Gedicht geändert. Es war ihm auf einmal klargeworden, dass er es von Anfang an nur für sie geschrieben hatte. „Schau mal, Chiara, es gab gar nicht viel zu ändern: Schwester statt Bruder, Freundin statt Freund, ja, und natürlich Magierin statt Magier. Ich sende dir den Text. Nächste Woche gibt's auch ein Video. Ich trete nämlich im K19 in Konstanz auf."

Sie öffnete den Anhang der Mail. Auf dem Veranstaltungsplakat war die Imperia als Karikatur abgebildet. Die mächtige Frau mit der stolzen Haltung und den beiden Puppen in den Händen sah aus – wie eine Tarot-Figur.

Magic Magician
Verlass mich jetzt nicht
Auf der Höhe meiner Kunst
Erweis mir weiter deine magische Gunst
Ich brauch dich, meine Schwester
On Stage und allein
Komm, setz deine Augen als Scheinwerfer ein
Du bist die Magierin, ich bin der Narr
Ohne dich keine Stunde, kein Monat, kein Jahr
Kein Anfang, kein Ende
Keine Zeit, kein Raum
Kein Schlaf, kein Wachsein
Kein Flash, kein Traum
Du bist die Freundin ohne Symmetrie
Ich brauche dich, du brauchst mich nie
My Friend Who Doesn't Need Me

Die Autorin

Anna Bock hat in Hannover Soziologie und Psychologie studiert und lebt seit vielen Jahren in München, wo sie als Autorin und Ausstellungsmacherin arbeitet. Ihr besonderes Interesse gilt Frauen, die sich im Laufe ihres Lebens immer wieder neu erfinden – und dabei die Magierin in sich entdecken.